南厢与闸漕

李景贵 著

天津出版传媒集团

天津人民出版社

图书在版编目 (CIP) 数据

南湖与开滦 / 李景贵著 . -- 天津 : 天津人民出版

社，2025. 6. -- ISBN 978-7-201-21279-1

Ⅰ . I267

中国国家版本馆 CIP 数据核字第 2025BR8660 号

# 南湖与开滦
**NANHU YU KAILUAN**

| | | |
|---|---|---|
| 出　　版 | 天津人民出版社 | |
| 出 版 人 | 刘锦泉 | |
| 地　　址 | 天津市和平区西康路 35 号康岳大厦 | |
| 邮政编码 | 300051 | |
| 邮购电话 | (022)23332469 | |
| 电子信箱 | reader@tjrmcbs.com | |

| | | |
|---|---|---|
| 责任编辑 | 高　琪 | |
| 装帧设计 | 孟德新　张　丽 | |

| | | |
|---|---|---|
| 印　　刷 | 唐山十月制版印刷有限公司 | |
| 经　　销 | 新华书店 | |
| 开　　本 | 787 毫米 ×1092 毫米　1/16 | |
| 印　　张 | 12.25 | |
| 字　　数 | 240 千字 | |
| 版次印次 | 2025 年 6 月第 1 版　2025 年 6 月第 1 次印刷 | |
| 定　　价 | 88.00 | |

# 情洒南湖著华章

执笔：焦建国

2023年初夏，在李景贵"话说南湖"系列散文即将收官之际，该作喜获唐山市文联《唐山文学》第四届优秀散文奖。这一殊荣无疑是对景贵两年来利用业余时间笔耕不辍、情洒南湖的肯定，更是社会层面和官方媒体对"话说南湖"系列的认知和褒奖。我们在欢欣庆贺之余，不由回想起两年来景贵砥砺前行、筚路蓝缕的创作过程。我们作为景贵的好友，先后结束了几十年的开滦职业生涯，陆续离岗退休。闲来无事三五好友不时齐聚一堂，聊聊家常，叙叙过往，好不悠哉乐哉。

2021年5月20日，正是唐山初夏和风煦日的日子，我们八位老友赵连、王瑞林、赵焕荣、刘长龙、王东才、董祥、李景贵及本人（有时自嘲为"八大闲人"）再次相聚在南湖桃花潭。景贵自荐当起了导游。从桃花潭出发，一路漫游，一路讲解。景贵那不失幽默风趣的娓娓道来深深地牵动着每个人的思绪，每到重要景点，他都一一揭秘其中典故和历史传说，使我们大开眼界、耳目一新。在他的引导下，我们时而提出问题，时而驻足观赏，讲到精彩之处大家不禁鼓掌喝彩。这次南湖漫游，在匠心独具的景区和巧夺天工的景点中大家一路欢声笑语，别有一番品味和情调。唐山南湖建成后，我们虽然都不止一次游玩过，但大多是走马观花，不明就里盲目玩耍，像这次因景贵而得知许多南湖的典故和渊源、对南湖刮目相看，还真是头一回。大半天下来，将小南湖游了个遍、看了个透。景贵的讲解着实精辟、精到、精彩。我们中有人说景贵的解说词可以成书。最后，大家众口一词，希望景贵把南湖诸事撰文成集，作为献给唐山市民乃至作为外界了解唐山的一道精美文化佳肴。景贵不负众望，经过一番准备，便开启了昼夜兼程的创作之路。

我们作为景贵的老同事、老伙计、老朋友，同在矿山相濡以沫几十年，深知景贵善解人意、从善如流的为人处世风格和对于事业笃定执着的可贵精神。景贵于20世纪80年代入矿，从第一批"合同工"一路走来，凭着他的勤奋务实与无私执着，很快在一众人等中显露才华脱颖而出，成为一名优秀的企业管理者。前后历任开滦林西矿团委书记、宣传部部长、经理办公室主任，开滦林西社区党政主管，开滦服务分公司副经理，开滦最大的生活后勤单位——唐山社区党政一肩挑主管，管辖区域囊括唐山市主城区及近郊开平、丰南、丰润、韩城一带，乃至秦皇岛市北戴河区的开滦家属区。在所履岗位上他均有诸多建树，留下了令人赞许的足印。2015年，开滦集团把争取南湖世园会保洁任务交给景贵所在单位，他责无旁贷率先考察大小南湖和各个景点，湖区路网几乎跑了个遍，对景区情况烂熟于心、了如指掌。这些经历成了他"南湖系列"写作难得的鲜活素材。

我们知道，创作是艰辛的脑力劳动，是个苦差事。撰写一篇佳文不易，要创作一部纵贯唐山百年历史，覆盖城市全要素、全区域、全过程、大场景的史诗性文化专著更是难上加难。景贵同志在筹划准备阶段，先后走访、请教了参与唐山市南湖开发建设的各级领导、专家和亲历者，深度探寻了唐山百年历史的演化嬗变史实，查阅了大量的档案史料，实地勘察了景区景点的设计布局、施工方案、施工技术以及园林工艺工法，广泛调研挖掘了唐山历史文脉的积淀过程等，用独特的文化视角和系统思考的思维逻辑将如珍珠一般散落的南湖文化向系统化方向梳理，由局部专题向全面完整构建，形成贯穿历史、有机统一的南湖文化体系。为写好"话说南湖"，他可谓呕心沥血、绞尽脑汁、废寝忘食。我们说，除了景贵的定力、执着和扎实的文字功底外，更难能可贵的是他对南湖、对唐山的一种深沉情愫，一种身处细微、思维千里的思想境界及一种挥之不去、令人称道的历史情怀。

2021年9月4日，"话说南湖"首刊于《开滦日报》，开滦人先睹为快，在矿区职工文化生活中加入了"南湖元素"。开滦与南湖相映成趣、互相丰富，延展了各自的文化。接下来的两年里，《开滦日报》每周一期，每期一个专题，总共刊发了近百期。这些文章不仅从多视角、多维度、远近高低不同层面、大背景与小镜头的结合上，深入讴歌了新时代中国新型城市建设的新思维、新理念和新方略，展示了中国式现代化的河北场景、唐山场景，而且全面涵盖了唐山这座城市百年嬗变、文脉繁衍、人文景观、现代工业文明与优秀传统文化相互交织，工业文明与生态文明相得益彰的城市风采，深度诠释了城市因历史而厚重、因文化而璀璨，南湖因开滦而兴起，唐山因南湖而美丽的内涵。这一部历史与文化，文明与生态筑就的新篇章成就了唐山的新时代品位。

我们有理由相信，随着此书的付梓，唐山南湖的故事会更加脍炙人口，唐山这座城市也会更加宜居靓丽，声名远播。

# 前　言

离职之后的静心养性是一种享受，没有压力、没有焦虑，每天必去南湖逛上一圈，找到了一种久违的随心所欲的感觉。2015年，曾经争取过南湖世园会中的若干项目，对南湖有过几分粗浅了解，离职后游玩南湖反倒对它有了更多认识。2021年5月20日，在陪几位老领导、老同事游玩南湖的过程中，凭着对南湖的了解过了一把解说瘾。几位老领导、老同事提到我的讲解对引导游人认识和欣赏南湖，了解南湖变化有益，鼓励我把口述的东西整理成文本，于是我被"忽悠"得像打了鸡血，开启了一段搜集资料，拜访与南湖相关人士，重新踏访和认识南湖的全新旅程。尽管"话说南湖"是民间的个人行为，尽管这部书的名字叫"南湖与开滦"，可以不那么官方、严谨，但也毕竟不能信口开河，误导大家。所以，自认为很是下了一番真功夫。

首先，资料难搜集。南湖的治理、开发和建设经历了数十年，在此期间，管理机构、管理体制数次发生变化，管理人员的更迭频率很快，许多当事者仅掌握某一时段或某件事、某个阶段的情况，很难联结成整体脉络。治理和开发建设的过程中，管理机构大多是临时性的，没有编制，许多人员是各委、办、局临时抽调的，因此，档案资料难以找到头绪，和喝多了酒一样，经常面临"断片儿"。在南湖开发建设过程中，由于政府资金紧张，不仅需要借债，还采取了招商引资的方法，因此，南湖，尤其是大南湖和国际园的项目建设采用了多种所有制投资主体并存的模式，仅私营企业就有二十多家，许多资料很难寻找。在搜集资料的过程中，需要靠不断挖掘，有些单位或私营企业出于各种考虑不予提供，有的认为我是个骗子，令我不得不在和某些人打交道的过程中首先申明不为名、不为利、不图什么，只是打心眼儿里热爱南湖。怀着顺其自然不强求的心态，我放弃了一些项目或内容的写作，不能不说是一大缺憾。有时也在心里自嘲自找麻烦。

光搜集资料和踏勘南湖的过程便大体花了半年时间，当然，这还不包括后期补漏耗费的时间。在踏勘南湖的过程中，尽管自身的愿望是想尽可能从宏观和微观两个维度记住与吃透南湖，少走回头路。然而，一拿起笔，不时会出现认识疏漏或对某个细节有印象却不准确的现象，不得不停下笔再折返南湖去印证一下，做返手活儿。在写作过程中，整体定调在"以市民的眼睛看南湖""我眼中的南湖"上，不唱高调、不打官腔。力图全方位、系统化、多维度地展示南湖，用通俗易懂的语言挖掘南湖文化。在成稿之后，王瑞林先生几次召集"八大闲人"集体"会诊"，友人们更提出了许多中肯的意见和建议，焦建国先生则提笔代开滦友人撰写了热情洋溢，同时也不乏溢美之词的代序，在此表示衷心感谢。

值得珍惜的是，曾经在南湖开发建设中担任过领导职务的马长生先生、南湖文史顾问李军先生、原路南区委副书记侯树立先生、开滦博物馆馆长王立新先生等一大批友人提供了许多宝贵的资料和信息，在此表示衷心的感谢。

本书参考了路南区委、区政府编写的《搬迁礼赞》《化茧成蝶》，路南区政协编写的《南湖记忆》，唐山市和南湖生态城若干版控制性规划和分项规划、图纸、预算、各级汇报材料和讲解词等资料。在此过程中，唐山市文联、作家协会、《唐山文学》编辑部、《开滦日报》等给予了大力支持和鼓励。《开滦日报》在版面紧张的情况下，开辟了"话说南湖"专栏，每周一期，利用将近两年的时间做了连载。唐山文联、《唐山文学》杂志还将"话说南湖"评为第四届优秀作品。

书法家杨玉剑先生为本书题写了书名，摄影家孟顺生先生提供了封面照片，封面设计综合运用了肖磊、孟德新先生和张丽女士的设计理念和设计成果，使用了高永宝先生翻拍的杨磊、顾翔普、王亭津、韩中林、崔德春、赵刚、许俊良、常青等先生的历史照片和孟顺生、高永宝、贾雨娟、王哲等拍摄的照片，一并表示感谢。

由于未能做到与时俱进，对电脑一窍不通，既不会上网，又不懂打字，所以拜托原就职单位开滦唐山社区财务部部长齐爱英和住房公积金管理中心主任王薇协助打印浩如烟海的资料，特别应该感谢的是开滦集团实业发展有限责任公司综合办公室王哲负责繁重的文稿整理、修改和打字工作，在作者没有时间的情况下，还代笔撰写了若干章节。本人二次就业的项目助理汪坤承担了部分打字工作。在此表示衷心感谢！

南湖的生成和变化大体经历了南湖的由来、环境治理、生态修复、大南湖建设、世园会的举办五个阶段。在梳理的过程中，有些章节是按时间顺序安排的，有些如生态修复、景观撷要等是按照内容分类的。但是，大致可以看出时间脉络，需要读者细心品味。

需要说明的是，当《话说南湖》（原定名）样书出来后，偶被开滦集团公司领导看到。领导认为，全国有许多地方叫南湖，《话说南湖》中的南湖比较笼统，容易让读者困顿；唐山南湖由开滦而生，应该加上"开滦"二字，即标明南湖所在地域，也反映开滦与南湖的关系。笔者感觉此话有理，遂在正式出版时改为《南湖与开滦》。

当然，《南湖与开滦》肯定有缺失和遗憾。由于手头资料有限以及自己的认识、欣赏水平和写作能力有限，必定使书籍存在不足，尤其是文章配图多出于历史资料翻拍或作者手机拍摄，图片质量不高。发表的过程也是征求意见的过程，即使结集出版时做了补充和完善也是相对的，在此恳请各位专家和读者指正。

2001年　荣获**河北省首届人居环境奖**

荣获**中国人居环境范例奖**　2003年

2004年　荣获**迪拜国际改善居住环境最佳范例奖**

被建设部正式批准为　2005年
**"国家城市湿地公园"**

2006年8月　被河北省建设厅命名为
**河北省五星级公园**

被联合国人居署授予中国南湖　2009年7月
**《HBA中国范例卓越贡献最佳奖》**

2009年9月　被河北省旅游局评为
**河北最美三十景之一**

被授予**首批全国**　2009年10月
**生态文化示范基地**称号

2009年12月　被评为**国家4A级旅游景区**

被国家体委评为　2010年7月
**国家体育休闲示范区**

2010年12月　被评为**河北省十佳公园**，
同年，获得**中国最佳休闲中央公园**奖项
也是河北省唯一获得此殊荣的景区

被确定为**河北省生态文明建设**　2011年8月
**促进会副会长单位**

2024年2月　包含南湖公园在内的
南湖·开滦旅游景区
被中华人民共和国文化和
旅游部确定为**国家AAAAA级旅游景区**

# 目 录

# 南湖的前世今生

　　唐山南湖的形成源起于开平矿务局采煤活动造成的大面积地表沉降。简而言之，从开滦有开采活动之始到20世纪末的一百多年来，人类对自然生态造成的影响大部分是破坏性的；自20世纪末起到21世纪初，环境治理、生态修复和资源型城市转型成为唐山城市建设的主旋律，其脚步至今仍前进不辍。

# 南湖源起开平矿务局

提起南湖，不得不提开滦；提到开滦，回避不了开平煤田和唐廷枢。

发源于河北省承德市丰宁县西北部巴彦屯古尔山北麓的滦河，位于闪电河和黑风河的交汇处，流域面积达4万多平方千米。远在古生代末期，滦河就养育过冀东一带茂盛的蕨类森林。在2.7亿年前，这些蕨类森林随着地壳运动被埋入地下，经过掩埋、沉积和演化后，逐渐形成了辽阔丰腴的煤田，即后来举国闻名的"开平煤田"。对开平煤田成因的这一说法，也曾有专家、学者提出过异议，起因是根据地质学家勘查发现，未曾发生过地壳活动的地方也发现了煤田。然而，在后者缺乏强有力科学依据支撑的情况下，开平煤田的成因还是取信于前者。

清末重臣李鸿章听闻开平、唐山一带有煤田，遂委托唐廷枢来开平、唐山一带找矿建矿。说到李鸿章，其与唐山渊源由来已久。唐山丰润张家与李鸿章是儿女亲家，他们的后代中出了一位名满天下的早慧女作家——张爱玲。1876年11月4日至9日，唐廷枢携英国矿师莫里斯从天津沿陡河入海口溯流而上，第一次对开平、唐山一带的地形地貌和小煤窑进行实地勘探，采取了煤样。1878年10月，唐廷枢按照"仿西技、用其人"的原则，订购了英国钻机，雇用了英国矿师巴尔，在唐山乔屯打钻探煤。当时，共打了3孔，最深183米，见煤6层。1881年开始产煤，最初日产几百吨，采用西法开采后产量大增。1885年，开平矿务局（开滦集团前身）年产量达到了24万吨。1898年，年产量增长到了98万吨。由此，开平煤炭挤走了洋煤，完全占领了天津市场。

为了方便煤炭外运，唐廷枢主持修建了中国第一条标准轨距铁路——开平矿务局所属唐山到丰南胥各庄的唐胥铁路

唐山车站轮车图（前排左四为李鸿章）

（随着大南湖建设现已拆除），还主持开挖了由胥各庄到阎庄的35千米河道，使得铁路和水路连接。李鸿章曾经这样评价唐廷枢："中国可无李鸿章，但不可无唐廷枢。"唐廷枢对开平煤矿的兴起、唐山工

1881年的唐山矿（杨磊提供）

业体系的建设做出了巨大贡献。在大南湖建设过程中，规划部门曾建议建一座景星桥（唐廷枢字景星），以纪念唐廷枢。至今，仍有唐廷枢后人生活在唐山，继续为这座城市发光发热。

英国铁路工程师金达利用矿山废旧零件打造了中国第一台机车——龙号机车，作为牵引工具。金达作为一名铁路工程师备受赞誉，"中国铁路之父"詹天佑都曾在他手下任实习生，其实他还有一个更为人所知的身份——北方避暑胜地北戴河的发现者。北戴河的发现得益于开滦煤炭外运需求，即金达勘探铁路线路的副产品，而南湖的形成则是开滦煤炭生产的副产品。随着开滦唐山矿的不断开采，唐山市区内形成了许多大大小小的采煤塌陷坑，此为南湖的前身，后文会详细叙述。言归正传，1887年，唐胥铁路修建、延伸到了芦台；1888年，延伸到了天津。与此同时，唐廷枢组建了航运船队。通过运煤船队，开平煤炭从天津走向了全国，走向了世界。

# 南湖与采煤沉降坑

唐山矿开采活动形成的采煤塌陷坑是今日南湖的前身，而唐山矿的建立在中国采矿史上具有划时代的意义。作为最早使用机械开采的大型煤矿，它第一次完整地形成了凿井、开拓、掘进、回采工艺和通风、排水等生产、运输、提升系统，在运输环节上引进了蒸汽作为动力的机械设备。时有《艺文录》记载："按此井深大而结实，出煤之多，速而省工，诚中国第一佳矿也。"这便是唐山矿"中国第一佳矿"称号的由来。

1949 年前，由于唐山矿开采规模较小、产量较低，开采范围主要集中在目前市区内，即现在的南富庄、王前庄一带。20 世纪 50 年代后，新中国建设速度加快，国家对煤炭的需求量剧增，矿井开采强度日渐加大，产量也日益提高。1956 年至

中国第一佳矿纪念碑

1960 年，为了进行风井区域建设，大艾庄、袁庄、铁艾庄搬迁，唐山矿的开采活动逐渐向西南方向，也就是现在的小南湖区域扩张。1967 年，进入原京山铁路东部区域开采。1970 年，开始进入铁路以西唐胥公路以南区域，即现在的大南湖区域开采。由此，唐山矿形成了老生产区、南翼区和西翼区三大生产区域，为保障当时国家对煤炭用量不断增长的需求提供了强有力的产能支撑。到 1975 年"四五翻番"时，该矿年产量达到了 450 万吨的最高峰。

唐山矿建矿至今，累计为国家生产煤炭2亿多吨。20世纪70年代，同时在南湖区域进行开采活动的还有地方煤矿——刘庄、富庄煤矿。刘庄煤矿年产量十几万吨，富庄煤矿年产量七八万吨。由于时间短、采出量少，只是对地质构造的局部和浅层造成了些许影响。经过唐山矿长年不断高强度的开采，采矿区域地面形成了53个大小不等的塌陷坑，地面原来的地形地貌也发生了根本性变化。

旧日开滦唐山矿1号井（杨磊提供）

这些采煤后形成的塌陷坑大小不一、水量各异，一些小坑基本成为沼泽地。积存水的主要来源有三：一是沉积的天降雨水；二是采煤过后地质构造产生了许多孔洞和缝隙，不管如何扰动和沉降，总有些地下水会不顾一

切地冒出来，形成了当地百姓和矿工们土语所称的"水包"；三是从地质构造上讲，南湖区域地表 10 米以下为陡河冲积带，不时会有地下水涌出。所以 53 个塌陷坑顺理成章地积存了多少不一的水。此时的南湖区域尚且只能称为沼泽地，还不能称其为湖，皆因它有三个特点：第一，大部

今日开滦唐山矿1号井架（孟顺生拍摄）

分采煤沉降坑不成规模，就像独木难成林，独坑也难以成势；第二，即使有个别大坑，也几乎大而不当，难以利用；第三，所有坑里的水都是死水，死水微澜，流水才能不腐，不流动的死水导致了水体臭、水质差。

## 南湖与煤炭运输

开滦唐山矿煤炭运输通道几乎全部集中在南湖区域，因此，有必要对此做简要介绍。

早先，唐山矿煤炭外运存在问题，唐山矿至丰南胥各庄这一段路途地势高、唐津运河水上不来，难以行船。针对这一实际情况，唐廷枢决定在唐山矿1号井至丰南胥各庄修建一条全长9.7千米的铁路，与丰南胥各庄至天津芦台挖通的运煤河连结。

与此同时，英国铁路工程师金达通过在秦皇岛沿海进行考察，建立了秦皇岛煤炭码头，由此一座煤矿托起了两座城市之说诞生。唐山矿生产的煤炭经铁路七滦线并入京山线运至秦皇岛码头，再经海路运出。唐山矿产出的煤炭副产品——煤矸石，在不同阶段则主要堆放在唐山市路北区西北井、现路北区委区政府北侧服装厂和南湖桃花潭龟石山一带。随着对城市环境要求的提升，这几个地方不再允许堆放煤矸石，于是堆放处又

1883年唐胥铁路上通行的火车（杨磊提供）

改迁至大白井和小南湖龙山、龙泉湾一带。原来的地销煤也运至大白井——现今的老唐山风情小镇一带销售，大南湖建设拉开序幕后，改为通过铁路唐山南站编组发运，临近南湖区域的唐山矿B区煤炭则由铁路七滦线编组汇入京山线外运。当然，现在大白井排矸场早已不复存在，变身为老唐山风景小镇，也成为南湖宜人风景的一部分。随着科技进步和产业结构的调整，除了一小部分煤矸石作为七滦线垫道之用外，大部分煤矸石都被用来做建材或配煤使用。改革开放后，为了增加经济效益，企业根据市场需求定制适销对路的煤炭产品，除了自身生产活动之外，储煤、配煤及购煤入洗等经营活动显著增加。进、销运量也随之明显增多，开滦顺势而为在京唐港建设了煤炭码头，建立了储配煤基地，在上海、宁波、香港等地开设了办事处，便于开滦煤炭远销海内外。

煤河运煤码头

随着时代的变迁和社会的发展，开滦传统的煤炭运输大交通体系通路让位给了大南湖建设，取而代之的是新型的陆运和海运。

# 南湖一名由来

在20世纪90年代以前，南湖区域的脏、乱、差在唐山市可谓家喻户晓。不容讳言，这与唐山矿采煤塌陷有直接关系。塌陷区域自成一派衰败凄凉的景象：沼泽遍布，禾苗枯萎，土地荒芜，蒿草没膝，杂树丛生，浊水漫布，人迹罕至，野犬出没。

当然，此情此景与彼时城市垃圾处理手段和处理水平落后大为相关。现在的城市生活垃圾都要经过工厂化处理，建筑垃圾也有再回收利用的措施。而在当年，只有掩埋或堆积这两种措施。1976年以后，唐山市政府为解决市区生活垃圾堆放问题，在开采沉降区2号

南湖晨曦

坑北部和6号沉降坑西部建设了两座垃圾处理厂，堆积了几十万立方米的生活垃圾累积数年后，形成了周长1500多米、高度50多米、容积500万立方米的垃圾山（今凤凰台一带），震后恢复建设时期产生的大量建筑垃圾也堆积于南湖植物园区域，对环境产生了极大的影响。

高耸入云的垃圾山上，多年沉积下来的生活垃圾沥液横流、蚊蝇飞舞、臭气熏天，行人路过无不遮掩口鼻。每遇大风天气，各色塑料袋纸皮漫天飞舞，西可刮至梁家屯，东可飞临岳各庄，观之令人心悸。周边几千米都透露着一股荒凉气息，连附近养猪场的猪在三年内都因环境污染统统死光。当年，电厂800余万吨轻飘飘的粉煤灰还未能进行有效利用，散乱堆积于现在南湖公园的龙山、江南园和岭南园一带，微风吹过即可搅得烟尘斗乱、尘烟障目，人人避之唯恐不及。开滦的350余万吨煤矸石也在该区域松散慵懒地沉睡，虽不似粉煤灰那般招摇，但也时时用浓重的硫黄味儿大刷存在感。更有甚者，某些单位和个人还见缝插针私搭乱建，小苗圃、工业作坊、养鱼塘等违章建筑星罗棋布，鸡棚、牛棚随处可见，"脏、乱、差"程度比老舍笔下的龙须沟有过之而无不及。

南湖夕照

其实早在1977年，《唐山市城市规划》就曾考虑把这一区域打造成城市公园。但一来震后恢复建设让普通民众"居有屋"才是第一要义，二来当年的财力实在不允许啊！只能搁置。20世纪90年代之前，南湖区域在行政区划上隶属开平区。唐山大地震十年后的1986年10月，时任开平区委书记巴连阁同志和区长杜仲勋同志一同来到了采煤塌陷区，面对满目疮痍的骇人景象，两个人在心中不约而同勾勒了一幅美好的远景蓝图。他们一致认为，塌陷区位于唐山市区南端，规模巨大，水量充沛，将来可以考虑建一座公园。联想到杭州著名的西湖，他俩给想象中的公园起了一个美丽的名字——南湖！南湖，成为他们那一代人的梦！

关于"南湖"一名最早由谁命名、时间缘起、所依凭证，坊间有多种版本流传，不一而足。笔者认为，如钱钟书先生所言下蛋的那只母鸡并不重要，重要的是一代代唐山人都希望家乡更美好，都盼望生活更幸福！

# 南部区域早期搬迁

南湖区域采煤塌陷区总面积达30平方公里，波及区范围则更为广泛，已不再适合生活、生产活动，于是该区域内的村庄、企业等开始了在政府指导下的、历时几十年的大规模搬迁活动。当时的开滦按照国家政策规定的标准上限，花费了巨额资金作为塌陷搬迁赔偿补偿。

1980年到1990年，经河北省人民政府批准，由唐山市人民政府组织、协调，主要由开滦矿务局和属地政府实施，先后对位于开采范围内的太平庄、石庄、赵各庄、陈庄、梁家屯、马庄、将军坨、季家屯、南刘屯、岳各庄、西礼尚庄、东礼尚庄（一小队、五小队）、刘营庄和郑家庄14个村庄，共计5000多户、20000余人进行了整体搬迁。其中，梁家屯乡所辖的太平庄、石庄、赵各庄、陈庄、梁家屯、马庄、将军坨和季家屯8个村搬迁到了现在南湖的西北片区；女织寨乡所辖的南刘屯、岳各庄、西礼尚庄、东礼尚庄（一小队、五小队）、刘营庄和郑家庄6个村搬迁

老南湖区域拆迁（顾翔普拍摄）

到了南湖的东南片区。2005年至2013年，按照河北省发改委批示精神，又搬迁了王禾庄、东王家河和西王家河3个村庄，总计约1100多户、3400多人。

与此同时，从1988年开始至2008年，还搬迁了唐山市粮食局陈庄粮库、唐山市棉麻公司转运站、唐山市生产资料公司陈庄仓库、唐山市土产公司陈庄仓库、唐山市百货公司陈庄仓库、河北省冶金厅唐山物资供应站、唐山市棉麻公司陈庄仓库、唐山市金属材料公司小额供应站、唐山市机电设备公司陈庄仓库、唐山市畜药厂、唐山市第三橡胶厂、唐山市化工机械厂、开平物资局、唐山市华北物资储运中心、唐山市农机公司、唐山市第三轧钢厂和唐山市军供站17家国有企事业单位以及梁家屯乡保温砖厂、新袁庄塑编厂、赵各庄龙泉化工厂、梁家屯乡编织厂、新袁庄机械施工队、梁家屯乡陶瓷厂、梁家屯乡金属加工厂、梁家屯乡酿造厂、新袁庄汽车队、梁家屯特种耐火材料厂、陈庄陶瓷机械厂、陈庄皮革厂、陈庄钛铁厂、西礼尚庄钛铁厂和女织寨乡纺织厂15家乡（村）办企业。

开滦大白井储煤场、排矸场拆除仪式

坐落在这片区域上的开滦家属区有三个，分别是刘庄、石庄和南富庄，后期均陆续搬迁。唐山矿游泳池（后来的开滦唐山社区货运车队队址）改建为现在的富泰庄园小区，项目由唐山市城建投负责建设，用于安置南富庄居民回迁。散布于南

湖区域的开滦唐山矿劳动服务公司下属的多个经营厂点的搬迁，主要发生在南湖区域环境综合治理和大南湖建设期间。

## 南湖初期环境治理

1996年的一天，唐山市市长率市直委、办、局，路南区及其下属单位、乡村领导，与开滦矿务局、开滦唐山矿、唐山发电厂等单位的领导，一同前往南湖巡视。

一行人于现在的南湖龙山区域召开了现场会，会议要求城市垃圾主管部门下发通知，停止向南湖区域倾倒、堆放生活和建筑垃圾；水务部门停止向南湖区域排放生活污水；开滦矿务局（当时开滦尚未改制）和唐山电厂限期停止向南湖区域排放、倾倒煤矸石和粉煤灰；开滦唐山矿铁路调运场、开滦唐山矿劳动服务公司散布在南湖区域的多种经营场点，有关乡街、单位和个人的小工厂、小作坊、养殖场、苗圃等一律搬迁或拆除。会议决定，成立南湖环境综合治理指挥部，指挥部设在唐山市截瘫疗养院，同时指定了落实上述工作的督导部门。

南湖，由"停"开始，由"治"起步，打响了大区域环境治理的第一枪，迈出了可喜的第一步。客观公允地讲，受历史的局限，当时这项工作还没有上升到生态修复的高度，但是如果没有当年环境治理的工作基础，南湖区域建设也达不到今天这种效果。因此，我们说之所以有今日之南湖，是几届政府班子和几代唐山人坚持不懈、持续发力的结果。当年，为了南湖区域环境综合治理，外围所做的承续、接纳、配套工作暂且不提，运出了几百万吨的垃圾、煤矸石、粉煤灰也按下不表，单拿市民看得见、摸得着的大规模植树种草和绿化来简单一叙。这项工程不单有专业队伍搞绿

南湖植树

化，市政府还动员了企事业单位、部队等大量人力参与进来。因需求量猛增，一时间唐山周边竟然苗木难求，原南湖区域内所有苗圃的树苗几乎全被采购就地留用，植树植绿一直持续到2012年。共种植乔灌木160余万株，地被植物180万平方米，水生植物50万平方米。从南湖现有的公仆林、企业林、个体林、劳模林、巾帼林及青年林等来看，可以想象当年的植树场面是何等轰轰烈烈。2000年前后，植树植绿又延伸、扩展至陡河、青龙河流域，青龙河流域主要在南新道至南湖段，陡河流域主要在开平至唐山段两岸。现在的开平双桥陡河西岸还留有大片的开滦林，令许多开滦人记忆犹新。

巾帼林

　　大规模绿化工程的开展，不仅美化了环境，净化了空气，更重要的是因青龙河、陡河与南湖有着非常紧密的联系，此举为以后大南湖建设和环城水系建设都埋下了重要的伏笔。

# 南湖建设新契机

　　2006年7月，大、小南湖的绿化、美化已经初现雏形。7月26日至28日，中央首长视察了唐山，并踏访了南湖。是时，"科学发展观"理论已经提出，南湖的巨大变化正好契合这一理论，抑或是说恰恰是科学理论指导了南湖的实践。中央首长对唐山市资源型城市转型、采煤沉降区治理与生态修复工作成果给予了充分肯定，极大鼓舞了唐山人民。唐山市委、市政府决心要在南湖区域做一篇大文章，遂着手组织相关调研、规划。

　　2007年，中共河北省委组织全省开展"城镇三年大变样"活动，是年10月29日，省委七届三次全会要求进一步加快城镇化进程，打造新的增长极，增强区域竞争力，实现又好又快发展。会上希望"各市、县如果能够转移2～3万农村劳动力进城，经营

铺路（韩中林拍摄）

落户就是很大的政绩。要拓展发展空间，更好地发挥联结城乡、扩大就业的重要作用，稳步推进进城农民融入城镇，使在城镇稳步就业和居住的农民有序转变为城镇居民"。

随着国家京津冀都市圈规划的实施，唐山市已经进入了由内陆城市向滨海港口城市的转型期。唐山市决策者的眼光落在了南湖这片土地上。南湖区域地处唐山城市空间的互动轴上，扼守中心城区向南拓展的通道。区域角色的重新定位使旧有内陆城市发展的平衡被打破，这样就需要在城市内部空间的重构上建立一个新的支点，以此来拉动城市与产业、旧城与新城的良性互动，建立起现状城市发展区域与未来城市发展区域之间的有效城市关系。开发和建设南湖，就是唐山城市内部空间重构的支点。要打造南湖生态城，要在南湖城市中央公园和大南湖周边，建设唐山市政务中心、商务中心、生态中心、文化创意中心，以改变城市布局偏重西北，向南发展、向海洋发展缺乏有力支撑的被动局面。而且大量的城中村破败不堪，群众改善居住条件的愿望也十分强烈，这也为开发建设南湖奠定了广泛的群众基础。

南湖之冬

# 打破建设理论桎梏

2007年，本着科学、严谨的态度，唐山市委托中国地震局、煤炭科学总院唐山分院、河北省水文地质第四大队等权威机构，对南部采煤沉降区的地质构造进行了深入分析和研究，采用卫星遥感等技术对南湖区域进行观测和监测，采集了4万多个地质资料（其中，开滦唐山矿提供了一定年度内完整的地质资料），又通过"政府市民互动决策模式"吸纳了市民意见近3万条。经过历时一年的缜密论证，得出了采煤沉降区同样可以开发利用的结论，从而打破了长期以来的理论误区和禁锢。2008年1月，市委八届四次全会作出了"加快资源型城市转型，建设城市四大功能区"的战略部署，决定

地质勘探

整合南部采煤沉降区及其周边土地资源，开发建设南湖生态城。从此，唐山市正式开启了生态城市建设的探索之路。

本着对历史负责、对人民负责，把南湖生态城建成造福唐山人民的百年精品工程的宗旨，唐山市委、市政府坚持以科学规划为龙头，采取国内外招标方式，吸引国际一流

采煤沉降区

的设计团队参与南湖生态城规划设计工作。经过竞标，确定美国龙安建筑规划设计公司、德国意厦国际设计集团、中国城市规划设计研究院和北京清华城市规划设计院等四家国际顶级规划机构为南湖生态城编制规划蓝图。由中国城市规划设计院编制南湖生态城生态指标体系，涵盖新能源开发利用、水

处理利用、绿化生态、绿色建筑、信息系统、公用设施等生态城市建设的各个方面，科学指导南湖生态城规划建设，使南湖生态城规划建设站到了一个新起点，跃上了一个新高度。

# 拆迁腾退建设用地

前文说到，唐山搞大南湖建设，遇到的第二个大难题是土地资源极其有限。昔时，路南区包括南湖区域的城市现状为全区面积仅有67.33平方千米，其中的28平方千米还是采煤沉降区，后来总面积50平方千米的丰南稻地镇整体划归路南区，才使路南区建成区面积达到117.33平方千米，城市建设精品少、档次低，与中心城区形象极不匹配。且往日的路南区产业结构呈现为产业分散、档次低、规模小，第三产业仍以商贸流通业为主，旅游、信息、金融保险、文化创意、现代物流等新兴服务业发展缓慢。

随着南湖城市郊野公园的建成和南湖周边的建设，作为中心城区，城市已经被许多城中村分割和包围，其中包括小南湖北至南新道区域夹杂着的刘庄等乡村自建平房区，东南部大量的村庄或城市平房区，特别是路南区西南片区（现南湖生态城西北片区）十几个村的落后面貌，成为制约大南湖发展的"芒刺"。同时，由于这些村庄基础设施不完善，群众住房极为紧张，百姓要求改造的呼声越来越强烈。除此之外，南湖以北的一些如开滦家属楼长青楼等处于城市中心区小区的老、破、旧形象也与城市中心区的称号极不相符，居民要求改善的愿望也愈发强烈。通过拆迁腾出土地建设大南湖区域，借由拆迁改善百姓的居住条件，日益成为上上下下的共识，由此，路南区走上了一条历经数年的拆迁—建设新路。

建设路东南部的拆迁主要涉及南新道以南、南湖大道以北老交大区域和岳各庄

拆除

区域。昔日，路南区的主要财税来源除了开滦集团外，另有铁路华达总公司等几个中型企业，其余大量来自各类市场。在这片区域里，集中了水果批发市场、五金批发市场、水产批发市场、炊事机械批发市

拆除

场、装饰材料批发市场和农用车批发市场等。这里除了成片的开滦、铁路和粮食局等产权单位的平房居民区外，还聚集着一大批小工厂、小作坊和农村村落，产权关系极其复杂。现在，这些市场基本转移到了北部的盛华、西外环和复兴路以东，一批企业也通过置换的方式外迁。到2019年底，老交大区域的平房基本拆迁完毕，土著居民一部分安置在现在的十九个庄区域，一部分安置在站西片区的新居，还有一部分安置在复兴路以东区域。岳各庄区域的搬迁，腾出了620亩土地，为建设总投资4.9亿元的唐山地震遗址公园和唐山地震博物馆让出了有效空间。

值得一提的是，开滦集团返还给政府13000多亩土地作为南湖建设用地，同时开滦唐山矿通往大白井排矸场铁路的拆除和排矸场的搬迁，也为大南湖的规划和建设扫清了一系列障碍，为老唐山影视基地和美术馆等场馆的建设腾出了大量土地。但是，事物总有两面性，此举引起较大争议的方面是，后来唐山市搞文旅融合发展，特别是工业旅游沿线自此断了一条脉络。尤其是在唐山南湖旅游和开滦国家矿山公园的旅游合作中，缺少了一道靓丽的风景线。从文旅角度看，不失为一种遗憾。但历史总会有遗憾，客观地讲，唐山矿大白井煤场、排矸场的拆除，也是历史的必然，它对提升城市南部的空气和环境质量起到了至关重要的作用。

特别要说明的是，在全市乃至全省范围内产生重大社会影响的十九个庄区域的搬迁和建设工作，称得上是大笔如椽。

在南湖西北部7.9平方千米的土地上，聚居着合计19个村庄、8295户、23078人，坐落着1.5万座坟茔，居民多居住在半永久房和平房之中。其间，夹杂着小砖厂、养猪场等各类污染严重的低端产业，居住环境相当恶劣。2009年12月30日，政府全面启动了西北片区这一唐山市震后恢复建设以来最大的回迁安置工程。

# 拆迁政策先行

　　2010年元旦，唐山市南湖生态城西北片区拆迁指挥部办公室以一号文件的形式，发布了《南湖生态城西北片区拆迁工作方案》。方案提出，在2010年2月10日前打好所涉及区域六大战役的目标，即：青龙河整治绿化征地拆迁战役；西电路拓宽征地拆迁战役；2000亩农用地征收战役；西北片区所有非住宅拆迁战役；回迁区域拆迁战役；南湖重点开工项目涉及区域拆迁战役。明确了宣传发动，入户评估；突出重点，组织签约；分批动迁，腾清场地；做好善后，全面扫尾四个阶段的工作步骤、落实单位和时间节点。确立拆迁指挥部、指挥部办公室以及办公室以下（包括办公室）综合协调组、政策法律咨询组、群众工作和社会稳定组、协议签订组、财务后勤保障组、手续跑办协调联络组、动员拆迁组、特殊群体房源联络组的工作职责，出台了考评和奖惩办法。

　　为严明拆迁纪律，路南区纪委、监察局联合发布《关于党员、干部、公职人员在南湖生态城西北片区拆迁改造中的纪律规定》，其中第一条就是要求党员干部带头拆迁。2009年12月1日，路南区委组织部也下发了《关于发挥"三大作用"，支持南湖生态城西北片区整体改造工作的实施意见》，对党员干部进行跟踪考察和考核。

　　为保证拆迁政策的连续性和稳定性，唐山市人民政府再次发布和重申了《唐山区域城中村改造暂行办法》，随后，唐山市城市建设管理领导小组办公室正式下达《南湖生态城西北片区域城中村居民住房及其他非住宅拆迁任务的通知》，地建办下发了《南湖生态城西北片区域城中村居民住房及其他非住宅拆迁改造补偿安置方案》，确定了已取得土地使用权证、房屋所有权证的和未取得土地使用权证和房屋所有权证的，以及集体土地和国有土地上建造的非住宅房屋、违章建筑等各种不同情况的补偿和处理方法，对过去拆迁中遗留的历史问题、停产停业的损失赔偿问题、拆迁补助费、临时安置补偿费、各种形式和材料的装饰装修等问题均做出原则性规定。

　　对拆迁区域群众最关心的两大问题描述得相当详细：一方面是拆迁补偿的标准，一方面是安置方式和标准。被拆迁人可选择货币补偿、产权调换、按比例置换与作价补偿相结合这三种方式之一，且对这三种方式都做了详细的规定。如回迁安置用房标准，政府承诺：为用户安装分户水表、电表、煤气计量表、暖气单户控制阀门装置。单元门安装电子对讲门，分户门安装符合国家规范的防撬门。楼道内安装可控照明灯。与外部环境相连的窗使用双层玻璃塑钢窗（楼梯窗除外）。厨房安装普通洗菜盆，厕所安装普通坐便器、地漏。厨房、卫生间墙面全部瓷砖到顶，地面铺防滑地砖，屋顶涂防水漆。卧室、起居室预留有线电视闭路接口、电话宽带接口，每个厅室不少于两个多用电源插座。卫生间安装塑钢门，卧室安装木门，墙壁刷白，各房间安装普通白炽照明灯，厅室设空调预留孔。政府一次性拨款3000万元，用于奖励按规定时间节点签约、搬迁或提前签约、搬迁的村（居）民。

根据以上政策，唐山市南湖生态城西北片区拆迁指挥部分别于2009年12月4日、2010年1月5日连发两封致南湖生态城西北片区村（居）民的公开信，同时在2010年1月3日下发一篇"村（居）民问答"，工作不可谓不细。

然而，8000余户村（居）民中的个性问题和想不到的实际问题远不是普惠性政策所能覆盖得了的，有些问题即可以说是超出了拆迁安置之外，也可以说是因为拆迁必然引起的连锁反应。

拆迁，之所以被称为"天下第一难"，并不是浪得虚名。

## 安置排忧解难

拆迁安置工作只有让人民群众满意，才能顺利推进。要做到让群众满意，政策是基石。然而，没有谁家的政策没有遗策，何况，市政府发布或重申的政策针对的是全市城中村改造，不可能把所有的问题全部覆盖。

本来，按照规定，回迁住宅的置换比例为1：0.85至1。政府按就高不就低的原则，置换比例统一上调到1：1。但是，随着入户摸底，召开座谈会征询人大代表、政协委员的意见和建议，一些问题纷至沓来。

经过拆迁指挥部研究讨论后，基本满足了群众的愿望和要求。其中的共性问题有以下五个：

一是青龙河北面8个村，包括岳各庄、石庄、偏坡、铁匠庄、铁艾庄、新袁庄、新艾庄、郑各庄的群众不愿意搬迁至远处，要求留在南新道附近。政府给予区位补偿，补偿的标准按照宅基地面积的4%执行。

二是农民担心转为市民户口后，在就业、医疗、教育等方面的待遇落实问题。政府在回迁区域的建设规划中配套建设医院、学校、商场等公用和商业设施，以满足群众的要求。同时建设底商，以促进集体经济的发展。召开了三场就业招聘会，并责成世园投资发展有限公司对失地农民安置就业。市教育局发文给各个学校，凡由拆迁指挥部开具证明，各校一律无条件接纳孩子上学。其他农民变市民后的待遇，按照省、市有关政策规定执行。

三是有农民一家三代同居一处，同居一室。按照"分得开、住得下"的原则，分别设计了七种回迁户型供被拆迁人选择。

四是拆迁区域涉及8000多户，而周边空置待租房仅有2000余套。政府召集一些房屋租赁中介机构深挖房源潜力，又从丰润、韩城、高新区、路北区、丰南西北区域等找到3000余套房源。同时，预留了周转房，缓解租房过渡的紧张局面。

五是拆迁区域涉及1.5万座坟茔，政府在两个方案中选取了在老谢庄燕南公墓建骨灰堂的方案。

当然，普遍性问题不仅仅这些，至于个性问题更是数不胜数。如老弱病残租房困难问题；关于继承或析产的房产能否与当事人其他房产合并使用置换面积的问题；关于未办理析产但要求赠予的问题；关于分户、宅基地面积过小的问题；等等，不一而足，都在拆迁指挥部认真研究下，责成有关部门和单位逐一加以解决。

# 事事万众一心

唐山华达总公司坐落在南湖区域唐山地震遗址公园内，为建设纪念林等配套景观，其厂址必须拆除。华达公司是北方机车车辆厂的下属企业，是客车配件的生产单位。多少年来，他们在这块土地上摸爬滚打，企业已成为他们生命中的一部分。企业拆了，可以重建。但是，企业重建从设计到投产至少需要三年的时间。其间，1106名职工的生活怎么办？公司领导坚定表示："拆，有困难，我们自己克服！"

长青楼住着开滦集团11个生产建设单位1300多名职工。开滦集团党委召集这些生产建设单位的党委书记开会，党委书记是第一责任人，限期动员搬迁。

路南区启动西北片区的拆迁原则是先拆国家、集体的建筑，先拆市、区党政机关和企事业单位工作人员、乡、村干部、党员的住宅，后一般群众的住宅。刘庄煤矿等企业积极响应政府号召，拆除了井架、厂房、设备。位于但那湖附近的许多私营企业为南湖生态城的建设都付出巨大。

2010年1月9日一大早，排了一宿队第一位领到顺序号的铁匠庄年逾花甲的老太太刘素荣满脸是笑，难掩兴奋："说实话，我是激动啊！在铁匠庄住了几十年了，看着离市里近的一些村都改造了，人们都住上了楼房，过上了城里人的生活，不用劈柴，掏炉灰了，我们这心里头也盼望着铁匠庄啥时候能改呀！这不，我们这儿也要改造了，终于盼到头了，我能不高兴吗？"

马庄87岁高龄的老人马有财，旧社会是赶车掏粪出身，从没有想过能过上今天这样幸福的生活。老人平时喜欢到南湖锻炼身体，他说："南湖开发前，垃圾遍地，污水横流，臭气熏天。现在，垃圾山变成了凤凰台，南湖一天一个样。"南湖发生的深刻变化让老人充分认识到，拆迁改造确实是党和政府为民谋利的大实事、大好事。

老人们不顾年迈体弱，担当起了西北片区拆迁改造的义务宣传员，他们把与拆迁改造相关的内容编了一首快板，走到哪里宣传到哪里。"打竹板，响连天，这回马庄要搬迁。要搬迁，你别害怕，国家给盖高楼大厦。不种园，不种地，到了冬天送暖气。冬天暖，夏天凉，幸福的日子一天更比一天强。我的歌词对不对？共产党万岁万万岁。"

正是因为上下同心，百姓支持，南湖生态城西北片区域的整体拆迁终于在2010年2月底顺利完成。

2010年10月，总投资110.7亿元的十九个庄回迁安置工程正式开工建设。


# 面貌改天换地


城市拆迁可算"天下第一难"，稍有不慎就会损害人民群众利益，影响社会和谐稳定，损害党和政府形象。南湖生态城西北片区的整体拆迁改造，非但没有出现这些负面情况，实现了"零上访、零事故、零冲突、零钉子户"，反而拆出一系列新变化。

拆出了科学发展的空间。由于受大地震和采煤塌陷的影响，路南区的发展一直颇受空间限制。2007年启动的路南区南湖生态城西南与正北区域拆迁，已经累计拆违、拆迁达550万平方米，占建成区面积的55%。2009年底启动的南湖生态城西北片区的拆迁改造，则直接腾出万余亩建设用地，给唐山城市发展提供了壮丽画卷。

拆出了城市建设新面貌。2007年后，相继实施了长青楼、新华楼、西南片区和2009年后西北片区的拆迁改造，万达广场、新华商贸、汽车产业园、文化创意产业园、地震遗址公园纪念林等配套景观，以及南湖引水渠、大南湖植绿、青龙河治理和沿岸绿化、西北片区市民服务中心、文旅项目和文化场馆集群建设等一大批标志性重点工程相继开工。全市最大的生态居住区也集中建设在南湖生态城西北片区，彻底改变了"砖头压油毡"的残破景象。与此同时，拆出的建筑垃圾

唐山城市规划展览馆（贾丽娟拍摄）

和废墟集中清运到了曹妃甸路南工业园区用于填海造地，以节省开发成本。

拆出了发展的新成就。南湖西北片区的拆迁改造，坚持从百姓的愿望和要求出发，从老城区、旧城区的实际出发，把城市拆迁改造作为应对金融危机、改善人居环境和发展环境的重大举措，仅2009年就开工建设了163万平方米，是前10年建筑面积的总和。2009年，路南区全区生产总值达51.59亿元，比2006年增长80.56%，全部财政收入30亿元，比2006年增长6倍多；全社会固定资产投资56亿元，比2006年增长5倍多。

拆出了开放新程度。成功引入北京新华联、香港新世界、新加坡仁恒、深圳贸业、万达集团、万科集团等战略投资者和沃尔玛、家乐福、红星美凯龙等知名品牌，仅2009年就谋划项目180项，计划总投资达1000亿元。其中，超亿元项目108个，超10亿元项目28个。仅2019年就有64个项目开工建设。西北片区拆迁改造后，新环境、新面貌更引得投资者纷至沓来，一些民营、私营资本也纷纷投资在南湖这片生机盎然的热土上。

拆出了党委、政府的好形象。各级党委和政府始终牢记科学执政、民主执政、依法执政的要求，在搬迁改造的每个环节都充分听取群众呼声，体现群众的愿望和要求，坚持把道理讲在前，把关心放在前，把疏导做在前，把托底保障落实在前，使群众真切感受到了党委、政府一心为民的执政情怀，进一步密切党群干群关系，增强了党委政府的威信，树立了党政干部的形象。拆迁期间，群众自发赠送锦旗60余面。

拆出了精神新境界。在整个拆迁期间，各级干部、党员、村"两委"成员和广大骨干、工作人员日夜辛劳，艰苦奋斗，逐渐形成了西北片区的"拆迁精神"，即："一心为民，昼夜奋战的奉献精神；不怕困难，敢打硬仗的拼搏精神；坚韧不拔，志在必得的愚公精神；协调联动，合力攻坚的龙江精神"，这四种精神至今影响着路南区的党员干部，成为他们宝贵的精神财富。

经过拆迁改造后的南湖生态城，更加瑰丽诱人。

# 建设初期的开滦功绩

规划中的南湖，绝大多数土地的产权归属开滦集团，为了南湖的开发和建设，开滦集团响应党和政府的号召作出了巨大的贡献。

开滦唐山矿先是把用巨资征购而来的13448.5亩塌陷地、大白井排矸场（现老唐山风情小镇）土地和按照城市建设规划所做的设计图纸——上交政府，继而又对风井B区园区进行了收缩，每天将净化后的4000吨至6000吨矿井水无偿排入南湖，确保了南湖的水质清冽。而经过处理后排入南湖的矿井水每立方米成本在1.20元至1.40元之间。

从20世纪初开始，开滦唐山矿煤类产品的副产品煤矸石在开采之后，均由开滦下属汽车队承运，每天运送到七滦线用作垫路基，确保路基的稳定性。老京山铁路的七滦段全长71千米，起点为铁路正线上的七道桥站，终点为滦县站。此段线路途经的大南湖区域，正是唐山南部铁路路段路基下沉区段，而且还在持续下沉，主要是由开滦唐山矿的地下开采活动造成，因此该线路被国家有关部门降级为三级矿区铁路。后来适逢国家铁路发展战略调整，京山线由南线改为丰润北线，此处仅保留货运，客车停运。按照国家有关政策规定，由开滦集团公司"三年大变样"办公室牵头，会同开滦集团公司房地产部、开滦唐山矿，与唐山铁路工务段、唐山南站协商，签订并兑现了补偿协议。开滦唐山矿每年用于维护路基的费用高达1200万至1500万元之间。持续地投入、不间断地维护，使得该线路目前基本趋于稳定。运行的货运列车也由最初的每天十几对、二十几对逐渐增加到现在的每天四十余对。鉴于此种情况，国家铁路总公司正在酝酿重新正式启动该路段的正常运行，并拟将货运量列入正式预算之中。

开滦唐山矿劳动服务公司原所属的办公和生产经营网点大多分布在南湖区域。随着南湖开发建设的陆续展开，这些场所必须搬迁出去。俗语云"搬家十年

铁路七滦线

开滦风井区域拆迁（顾翔普拍摄）

穷"，为了大南湖建设，开滦唐山矿劳服人认了，先后搬迁了劳动服务公司办公楼、橡胶厂、导风筒厂、胶管厂、玻璃钢厂、修配厂、拔丝厂、铆杆厂、金属网厂、铸钢厂、煤矸石厂、缝纫厂、南湖酒店、南湖游泳馆、修理厂、石庄火锅城及西门商场等办公生产经营地点。

随着大南湖建设的发展，为了保护城市生态环境，造福唐山人民，开滦唐山矿积极响应政府号召，先是放弃了小南湖区域地下4000余万吨的煤炭资源储备；后又为保护唐山文化根基，跟进调整了生产规划，停滞了原老交通大学区域地下4000多万吨的煤炭资源开采。众所周知，唐山矿开采年代久矣，煤炭资源储量是企业生存的基础，唐山矿放弃开采，意味着靠资源吃饭的开滦人做出了人为缩短矿井生产寿命和自砸饭碗的巨大牺牲。现在，老交通大学区域教育城、南湖中天玥、德贤公馆等高端项目正拔地而起，市政面貌得以提档升级。

与此同时，唐山市、区两级政府有感于开滦对南湖开发与建设做出的巨大贡献和牺牲，也采取现金或土地置换的形式给予了适当补偿。

# 南湖内涵外延

在许多市民和游客的印象中，一提到南湖可能自然而然想到的是风景优美，很少有人去探究南湖是什么？哪里是南湖？更不要说对南湖有着更为清晰的概念和认知了。今天，结合南湖建设时期最终确定的控制性规划和项目落地状况，为大家抛砖引玉一番。

"南湖"一词，其实包括三个概念。

首当其冲的是南湖生态城，此为广义的概念。最初建设南湖的目的之一是打造一座新城。南湖生态城的规划面积达 109 平方千米，具体位置是北至南新道、南至唐津高速以南、东至老火车站路、西至学院南路。而在南部，则突破了这个范畴，分别向南、东、西三个方向扩展和延伸。南湖生态城包括了核心景观区、西北片区、东南片区、205国道以南片区和丰南片区。东南片区中原属丰南管辖的稻地镇最早划入路南区，随后板块

大南湖一隅

内的丰南区主城在2022年也划入唐山市中心城区，正是当初规划的具体化、落地化的体现。南湖生态城的控制性规划既包括了片区、功能的划分，也包括了项目的制定和道路、公交、燃气、电力、热力及给排水等社会公共配套设施的规划。编制这些规划，涉及方方面面，工作量浩繁如星汉，设计工作者付出了艰辛的努力。

第二个概念是核心景观区，又称核心景区，规划面积达到30平方千米（澳门特别行政区的面积仅有32.9平方千米）。核心景区主要包括俗称的大、小南湖，功能定位是"好玩南湖、生态南湖、神奇南湖、文化南湖"。这里包括了四大功能区：一是小南湖主题休闲娱乐区，即原南湖城市中央公园，即世园会举办地；二是大南湖滨水休闲旅游区，即俗称的大南湖，四置分别是东至岳各庄大街，西临唐南路，南至京山铁路，北至唐胥路，简单讲就是南湖大道以南区域，还包括了青龙泽等几座湖，香茗岛、邀月岛、含烟渡、将军淀及龙泉寺等处；三是运动绿地商务休闲度假区，位置在东至唐柏路，西临花园路，南至205国道，北至京山铁路，包括了紫天鹅庄、高尔夫球场、开心农场、文化创意产业园、足球主题公园等；四是历史文化观光区，位于东至车站路、吉祥街，西至建设南路，北至南新东道，南至岳各庄大街的范围内，包括唐山大地震遗址公园、机车博物馆、唐山1970、老唐山风情小镇等处。第三个概念是小南湖，即2016年唐山世界园艺博览会举办地，区域面积5.4平方千米，是值得多着笔墨单独列出讲述的。其实小南湖便是大多数人心中所想、口中所述的"南湖"，小南湖也恰恰是"话说南湖"系列中的重头戏，在之后的篇目中会陆续展开讲，在这里权且一笔带过。

假设没有南湖生态城项目的规划落地，没有大规模的拆迁，路南区就没有承载建设全市四大中心功能区的平台，就没有改变路南区老旧业态、改变路南区原有城市环境面

貌、接纳南湖周边丰南一带农民转变为市民的充足依据。更会使城市向南发展、向海洋发展的支点显得突兀又脆弱，将会令小南湖—城市中央公园和大南湖—城市郊野公园显得独木难支，而任何一

唐山南湖城市中央生态公园

座城市，都会有公园，也离不开公园的加持。更需要指出的是，建设者们在南湖东南片区预留出大片草地和森林，不仅考虑到该区域地质状况更加稳定需假以时日，也为以后城市的发展预留了空间，实为子孙后代之幸！

# 南湖的生态修复

　　因势利导、顺势而为，是采煤沉降治理的大体思路；依山傍势、借势而进，是在科学规划的前提下降低治理成本的可靠保障。根据硫磺氮磷含量高、重金属严重超标、土壤板结密度大的实际情况，更需要采取针对性强的措施和方法进行治理。唐山市硬生生把三个澳门大的沉降区域打造成为园林式的生态公园，并用一条五十多千米长的水系将南湖和整个城市环绕起来，无疑是匠心巨作。

# 南湖生态回首

在生态修复前，南湖区域中的大南湖呈现出显著的特点，除中间若干个采煤塌陷坑积存了许多水之外，边缘绝大部分都是震后恢复建设时产生的建筑垃圾和城市生活垃圾，仅西南部现高尔夫球场区域大约积存了200多万立方米垃圾。南湖核心景区一带，主要由城市生活垃圾、建筑垃圾、粉煤灰和煤矸石等工业废弃物和拆迁村庄与采煤塌陷形成的水塘、次生湿地、青龙河、还乡河和陡河冲积扇等水系组成。整体地貌呈中间低、东西高、东部高于西部的态势。

在小南湖区域，除却最西端的垃圾山（现凤凰台原积存约500万吨城市生活垃圾），园区西部即今龙山所在地，包括龙山在内的中西部地带掩埋并堆积了约800万吨电厂排放的粉煤灰和约500万吨的开滦采矿副产品煤矸石等工业废料。园区中东部则堆积着约300万吨震后重建产生的建筑垃圾和村庄搬迁后遗留的村落垃圾。这些废弃物虽然在累次环境治理中清运掉一部分，但绝大多数还是被遗留了下来。粉煤灰和煤矸石中含有大量的重金属离子，一经雨水浇淋极易造成环境污染。尤其是粉煤灰，在遇水后密度加大，极易板结，导致地下水上不来，地表水下不去，不利于植物的生长。在园区内，粉煤灰最深处可达10米，现在的江南园一带即为原粉煤灰坑遗址，堆积最高处可达53米，即现在的龙山，为全园海拔最高点。园区的东部为采煤沉降后村庄搬迁旧址，目力所及都堆满了建筑垃圾。园区北部的龟石山原来是城市垃圾堆积场。

为防止粉煤灰场扬尘，20世纪80年代，曾经在粉煤灰场表面覆土20厘米，粉煤灰埋深4到5米以上。中部则把粉煤灰和煤矸石堆积成山状，并采用建筑废墟土覆盖。1990年，经过调查统计，园区中东部分布着

旧南湖储灰池

35科69属93种种植和野生植物。其中，建筑废墟土缓坡植物品种最多，达到81种，废墟土陡坡45种，煤矸石缓坡38种，粉煤灰缓坡26种，淤泥低洼地16种。从数据可知——比较而言废墟土生长植物最多，淤泥低洼地生长植物最

大南湖陡河通渠引水明渠大桥（崔德春拍摄）

少。当然，淤泥低洼地主要生长的植物为傍水和亲水植物，这类植物本来品种较少。在此后的南湖生态修复中，废墟土有了较大的利用空间。不过利用废墟土做生态修复并不是这次调查的结果，因为废墟土尚有一定的肥力原本就有其科学依据。后来，南湖区域有一部分粉煤灰被加工成了建材，但绝大部分还是遗存在了南湖。

生态修复前的水系，主要有采煤塌陷形成的水塘和次生湿地，或者由还乡河、陡河和青龙河冲积扇形成的水系。还乡河和陡河水系均在地表11米以下，为地下水。而以青龙河为代表的地表水却载流了市区中西部所有的行洪水和未经处理的生活污水，绵延不断排入南湖水域，可以想见当时南湖的水质何其浑浊肮脏！

# 南湖土壤改良

土壤改良是南湖生态修复大戏中的重头戏。大南湖区域的土壤改良是在政府指导下，主要由社会资本施展。除了工程浩大堆山扩湖外，因大面积植绿的需要，主要呈现在核心景观区一带，又由于世园会场馆和景观建设占地面积小、水域面积大，又着重反映在植物园区域。原规划中，植物园面积较大，西到龙山，东到建设南路，南至建湖路以南半个南湖一号别墅区，因世园会场馆和景观建设以及其他建设需要，形成了如今的规模。如是，大规模土壤改良活动在南湖区域陆续铺开。

植物园所属的工业废弃地严重缺乏植物生长必需的营养元素，如氮磷钙等。这些营

唐山植物园绿树浓荫

养元素在自然状态下很难恢复，或者即使恢复也需要相当长的时间，必须通过人为干预，通过添加或补充的方式辅助恢复。土壤作为植物生长所必需的基础介质，其营养元素的提高和化学、物理性质的改善，乃是生态恢复重建成功与否的关键所在。

植物园东部村庄拆迁旧址区域的土壤经过测定尚具备一定肥力，只是表层废墟较多，影响植物生长。所以土壤改良采取的方法是挖深坑取新土，将收集的废墟深埋地下，再将挖出的土壤重新覆盖平整。这样，虽然地貌和植被暂时被破坏，但可以保持土壤的理化性质基本不变，可以保存土壤的营养条件及土壤中原有的种子库，使得原有植物种群能够迅速稳定并成功建植。

园区内的煤矸石和粉煤灰，尤其是粉煤灰，乃是从煤燃烧后的烟气中收捕下来的细灰，是燃煤发电排出的固体废弃物，不能满足深根性植物生长条件，所以需要充分利用唐山市城市建设和周边房地产开发产生的大量开槽土进行覆盖，并根据场地和景观的需求建设微地形。

与此同时，为了增强土壤肥力，调节酸、碱物质，采取了少量多次的施肥方法，并努力选用长效肥料。采用植物改良方式是最经济和生态效益最好的方式之一，如园区种植了大量豆科等具有固氮作用的植物，并施用磷肥，以扩大其族群优势。南湖湖底的土壤改良主要采取了清挖淤泥、低洼处覆盖新土、调剂新水入湖冲刷和置换等方式进行。

唐山植物园一隅

# 凤凰台生态修复

众所周知，现在的凤凰台乃是当年的垃圾山变化而来。垃圾山上堆放着体积约为500万立方米的城市生活垃圾。往时往日此地常年恶臭扑鼻、沥液横流、蚊蝇乱飞、孑孓满塘，但凡遇到大风过境的天气，垃圾中的塑料袋漫天飞舞，东至岳各庄、西至梁家屯，皆可见到随风飘散的白色垃圾身影。在政府下定决心大力治理垃圾山前，曾有人主张把垃圾山迁至丰

凤凰台前世垃圾山（赵刚拍摄）

南。市委、市政府认为，这样做不仅不能解决垃圾问题，还会造成污染外溢。况且，此举占用丰南大量耕地不说，运输和处理成本也很高。经过调研、分析和科学测算，最后决定：要化腐朽为神奇，就地处理这座老大难垃圾山。为此，市政府专门请来了国内顶级专家精心设计了垃圾山生态治理和修复方案。

凤凰台治理示意图

在占地面积13.2公顷、高53.56米、周长约1500米的核心山体上，从上下垂直、左右水平、45度倾角三个方向和角度打满密如蛛网的孔洞，以释放多年积存的沼气，避免发生沼气爆炸。与此同时，考虑到垃圾山山体比较松软，为了防止垮塌，对山体实施打钻注浆，以起到固定山体的作用。为了对

子孙后代的安全负责，在整个山体上铺上一层300毫米厚的碎石用作导气，并建立了导气井，安装、铺设了沼气监测管道和报警系统。在导气碎石的基础上，覆盖上一层一指厚的无纺土工布，人工制作一层双糙面的土工膜，再次做覆土动作，然后在覆土上铺就复合土工网格，又覆盖一层600毫米厚的种植土，最后还要覆上一层300毫米厚的黏土。在以上所有这些工序之前，还需要围绕山体四周铺上厚厚的胶膜，以防垃圾沥液污染地下水。前期准备工作全部完成后，才能在山体上做景观和绿化，工程十分浩大。

待山体稳定后，环绕山体的不同方向，根据不同用途修建了以南面层级最多的五到九层绕山梯状通道，通道侧修建了雨水收集和利用系统、沼气处理系统和沥液处理系统。为了防止水土流失，也为了绿化美观，除了大量种植槐树、柳树等高大乔木外，在缓坡处还种植了大量地柏、景天等覆地宿根植物和节节草等地被植物。在落差大的挡土墙面，则遍植了蔷薇、爬墙虎等攀缘性植物，形成了立体绿化，使整座山体郁郁葱葱、生机盎然。南湖的绿化是立体的，以凤凰台最具有典型性和代表性。

凤凰台的山顶之上，绕场一周建设了木质廊道和有机玻璃围栏的观景平台，登临平台，四处眺望，城市如新，南湖如画。山顶制高点，建设了一座占地面积116.71平方米、建筑面积88.36平方米、高15.83米、净高11米的凤凰亭，上书"展风翼起宏图浩气长存，迎朝霞送落日烟云供养"的对联，期盼唐山安定祥和、繁荣昌盛。凤凰亭下东南方向的一块巨石上，雕刻了记录有南湖风云变幻的《南湖赋》。在经过如此多的铺垫性工作后，凤凰台最终成为人文气息浓厚、湖光山色相依、欣赏价值极高的南湖十六景观之一，也成了唐山市环保科普教育基地。垃圾山的生态修复造价约8000万，比外迁丰南的方案节省了大量资金。在南湖整体生态修复中，凤凰台的生态修复也最具典型性和代表性。

# 龙山生态治理

龙山，原名卧龙山，1985年形成，最高点53米，是利用原赵庄村（因采煤沉陷搬迁）旧有村址形成的垃圾场，由粉煤灰和煤矸石等工业废料无序堆积而成。原垃圾场在现小南湖桃花潭门口以西约200米处（现龟石山），起初只是村民随意丢弃垃圾自发形成的垃圾点。1991年左右，小南湖开始建设（时称"唐山市南部采煤塌陷区治理工程"），原小南湖东门垃圾场（现龟石山）停用，其后环卫处垃圾车开始往凤凰台倾倒垃圾。

龙山生态修复之初确定了一主一次两座山峰的总体思路。以主峰为龙首，龙头朝向丹凤朝阳广场，与60多米高的丹凤朝阳铜塑遥相呼应，赋予"龙凤呈祥"寓意。模拟自然山体，塑造山脊、山谷和

扩湖清墟、堆建龙山（顾翔普拍摄）

鞍部；龙尾为龙山附岭，即往往被人们所忽略的龙山正南、靠近足球主题酒店的那座山丘，形成卧龙状层次变化丰富的空间，站在西面偏高的位置可隐约见此形状。

为了保证植物长势良好，龙山山体之上整体覆盖了一层厚达1米的开槽土，网格状设置了防止水土流失的排水暗管、排水纵沟、排水横沟、沿路排水沟和沉沙池等。加强了覆土后的填土沉降观测，待沉降趋于稳定才展开天境建筑、景观和通道建设以及大面积植绿工程。龙阁建造之前，先在地下10米深处打下十几根直径1米的巨大钢管，以稳定基座、支撑阁体，并在底座周边距土体边坡处留足不少于18米的距离，以防倾斜。

在龙山景观建设中，奇妙之处在于运用了山脊、山谷、鞍部和低洼等处自然地貌，塑造了山顶的龙源、西北的花谷、东北的岩石园、东南的花海和正南的花溪等景观建筑。而在龙山的东部、西部和龙尾的附岭，遍植银杏、金叶白蜡、黄栌、中华金叶榆、红枫和槭树等彩叶树种，打造了葱郁茂盛、色彩斑斓的植物景观。由于土质的关系，龙山北侧种植了大量本地品种果树，如核桃、油桃、桑树和李树等。林下空地也加以有效利用，大面积种植了地被性的宿根花卉和节节草坪，原生态的石质台阶既穿插其中，又遍布其间，成为人们漫步登山、休闲休憩的好去处。

不同于凤凰台的一峰独秀，本着中华传统文化中

冬日龙阁（高永宝拍摄）

"龙水不分离"的原则，岩石园中设计出了瀑布，而花溪和附岭西侧则形成了群居性的跌水，衬托得龙山区域飞银溅玉，灵秀俊逸。此情此景在意境之中与龙境高度协调，不得不佩服设计者的匠心独运。

最能体现"南湖是多彩的"属龙山。龙山区域生态修复和景观建设花费不菲，已然过亿，仅一个龙阁造价便高达约2000万元。然而取之于民用之于民，龙山不仅成为南湖景区赏湖观景第一佳处，也是最能体现南湖丰富多彩的形象载体，成为众多唐山人心目中的图腾！

# 南湖植绿立地布局

南湖的植绿立地布局精妙，可谓别具慧眼！南湖的植绿要根据立地条件、地貌状况、土质类型及园区景观用途等因素综合考虑。如果人们在走走停停间细心留意其布局规律，便能慢慢品味出规划、设计中的巧妙和良苦用心。而凤凰台、丹凤朝阳广场等处的植绿前人之述备矣，暂且按下不表。

让我们先放眼望向西北部较为平坦的湖岸边，其间多为柳树、槐树等高大婀娜的乔木；行至环湖、环岛路两侧，是成排成行的银杏、梧桐、黄栌等观赏类、彩叶类乔木；继续前行，会看到木槿、黄杨等修剪得十分整齐的齐胸高灌木；再向内部行进，则多植北京紫等高于灌木、低于乔木的变叶树木，形成高低错落、井然有序、色彩斑斓的森然景象。举目四顾，较大面积的平坦地块，一般植有大片的草坪；较为开阔的舒缓斜坡，采用同一品种的鲜花为主打植物，草坪作为点缀，远观似一片浩瀚的花海；而面积较小较窄的缓坡，独具匠心间种植有不同品种、不同颜色的花草，自成一派

2016年世园会花海

且很是用心。

一般来讲，地势坡度越大，水分越容易流失，土壤含水量就越少。同一坡面，上部比下部的含水量要少得多。唐山植物园根据坡度状况，将15度以下划为缓坡，15度以上划为陡坡，不同情况种植不同植物。植物园东部为建筑废墟土缓坡，经过深翻将废墟深埋，用新土覆盖平整后，作为专类植物收集区和树木引种驯化区。按照"植物造景"的原则，游览的路线遵循植物进化顺序依次设立为玉兰园、海棠园和忍冬园等体现植物文化的专类园。植物园南部主要分布着煤矸石缓坡和废墟土陡坡。地势较高，综合运用生态恢复的手法进行处理，作为园区科研展示的重点进行构造，与科研示范区相结合进行耐旱植物、耐贫瘠植物、岩生植物的引种示范。依地势建设道路系统，高处构建亭、廊等景观，引导游人参观考察植物园立地条件和植物演替的互动过程。而土质是种植的必需条件。建筑废墟土缓坡适宜桯柳、油松、侧柏、白榆等生长；煤矸石缓坡适宜小叶杨、紫穗槐、臭椿、葎草等成活；废墟土陡坡适宜小飞蓬、鬼针草、黄花蒿等生长；粉煤灰缓坡适宜桯柳、灰绿藜、马齿苋、猪毛菜等成长。

杨柳依依

## 南湖绿植物种多样性

南湖绿植物种的丰富多样是南湖环境治理和生态修复的需要，也是首建唐山植物园的需要，更是市民追求美好幸福生活的需要。而建园、绿化、美化，"大抵傍通途，拓平壤，倚名山，新裁巧制，争奇斗妍。若至垃圾山上铺锦绣，粉煤灰中莳奇葩，化腐为奇，点铁成金者，世所罕觏，而于唐山特见之"。

南湖区域最能体现物种多样性的就是植物园了。从空中俯视，植物园恍若展翅高飞的凤凰，在布局造势上突出唐山地方文脉特征。该园地势起伏蜿蜒，地形中部最低、西

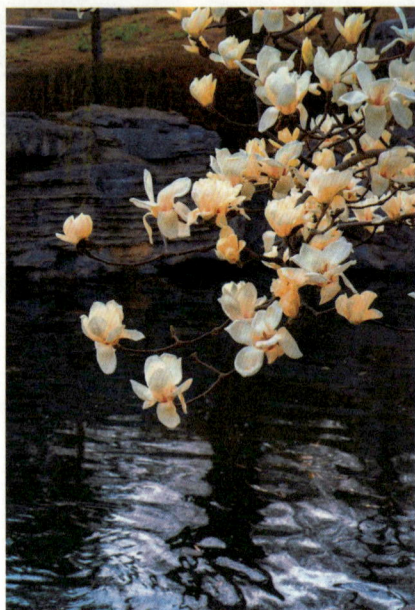
玉兰绽放

部龙山（粉煤灰山）最高。植物种植也根据地形特点采取了四周高、中部低的栽植方式，沿植物园四周和水边种植。

依地形起伏变化选取高度不同的植物种类，如灌木和草本植物大面积种植于平地和缓坡，低矮灌木则被大量用作地被。选种上以乡土树种为主，运用了大量的本土开花灌木，采用密林方式种植，形成大面积的花海景观。同时，考虑到季节性开花和枝叶色彩的变化，植物园四周选择高大浑圆、分枝紧密的乡土树种，既对植物园内部起到防护作用，又作为绿化景观的绿色背景。沿水系地带种植耐水湿的水生及半水生植物，形成了水生植物景观。龙山东部种植树形优美的乔木，形成点景效果。

在植绿过程中，按照尊重原始生态、尊重自然的原则，对现状比较完善的植被景观、工业废弃地生态破坏后首先生长起来的茂密野生植被予以保留并加以利用；按照尊重植物生长属性适地适树的原则，根据植物园土壤立地条件和原有植物分布情况，并结合土壤改良措施确定具体种植方案；植物分类园区根据立地条件的不同选择植物品种，按照植物的进化顺序进行排列和布置，游览路线就是植物进化路线。

植物园仅仅是南湖八园之一。一片片满目疮痍的工业废弃地日新月异……一座集观赏、科普、生态、经济、文化、科研六大功能于一体的新型互动式植物园拔地而起。一座占地55.45公顷，拥有149属，21个植物分类园区，3000多种陆地植物，2000多种温室植物和120多种水生植物的植物园吸引了海内外游人的眼光。一座虽处于暖湿带半湿润季风型大陆性气候区，依然三季有花、四季常青、别具一格的天然氧吧植物园承载了几许故事与变迁。一座具有鲜明地方特色、传承地方文脉和体现工业文明向生态文明转化的国际性植物园欢迎八方来客。

植物园银杏道

# 大、小南湖绿植区别

当众多游客徜徉于南湖的绿野仙踪之中时，不知是否有人留心到大、小南湖在绿植上的区别。有善观察者发现大南湖虽也郁郁葱葱、满目苍劲，但绿植品种比较单调，花卉植物少，珍贵花木少，建筑景观少，高大乔木多，低矮草坪多，水生植物多，那么原因何在呢？

这是由大、小南湖区域的功能定位决定的。大南湖是休闲度假区、运动健身区，对绿植品种的多样性、色彩化的要求不高，只需绿色、健康即可。而且大南湖水域面积大，水生植物多。而小南湖是核心景区，植物园就坐落于此；且又是世界园艺博览会的举办地，因此唐山市在建设小南湖景区时便以"立体、多彩、三季有花、四季常青"为标准，必然讲究绿植物种的丰富性，追求绚丽多彩的层次性。

大南湖与小南湖的土地权属不同，也造就了二者绿植品种的区别。大南湖除了环湖路以及几条主要干道两边，大部分

大南湖满目苍翠

使用权归属于企业、乡村，还有些归属于私人资本，如紫天鹅庄酒店、南湖农业、高尔夫、爱尚庄园、大南湖中的几个岛和相关业态等，这些区域的绿植虽然大体服从统一规划，但也要满足土地权属方的个性化要求。土地用途不同，使得绿植品种也不一样，普遍对奇卉异木没有过高的要求。而小南湖的土地性质属于国有，可以完全按规划统一置园造景。

大南湖与小南湖公园性质不同，也是绿植品种不一的一大原因。大南湖具备湿地公园和郊野公园的性质，具有若干块阔大的湖面，具有重要的过滤、净化、循环水质的功能，湖中遍植的芦苇、菖蒲等水生植物，对水质的净化、生物的洄游、鸟类鱼类的

小南湖春花烂漫

繁衍都起着重要的生态承托作用，且对建筑物所占的比例有严格的要求。从观感上说，市民和游客更多看到的是"湖景"。大南湖也是纯粹的郊野公园。小南湖虽然在许多方面也同样具备大南湖的上述功能，但小南湖从性质上属于核心景区，沿岸又有众多人造景观，植绿造景更为精雕细琢。不论从植物选品方面，还是对沿岸景观建设，从游客的直观感受来看都大为不同。

大南湖和小南湖的绿地面积差别较大，客观上使得绿植的选种有所区别。因大南湖地质状况目前正处于地质扰动后期，还需要相对一段时间的稳定。大南湖区域遍植大面积绿地既是为了绿化美化、抑尘降噪，也是为了今后的城市建设和发展做积极准备条件，便于未来厚积薄发。

# 南湖植物"科普老师"

南湖的植物具有科学的内涵，艺术的外貌，文化的展示。其中的趣味性，着实可令人们细细玩味。子曰："三人行必有我师焉。"南湖植物物种有着丰富多样的优势，设计者也特别在植物园开辟了相关区域对公众进行免费科普。所以南湖的植物如春风化雨的老师一般，用科普专栏形式引导人们，让游客在对植物的实地观察中润物无声地提升科学知识素养、增强艺术审美修养、加深文化熏陶滋养。

南湖水域广植荷花，众所周知荷花的根茎是莲藕。南湖植物科普专栏向游客展示的是"藕断丝连"。人们常用"藕断丝连"来比喻没有彻底断绝关系，但往往对为何"藕已断，丝还连"不甚了解。直观来看，藕被切断后会出现许多黏性的白丝，所以才能已断、仍连。那么，藕中为什么会有许多白丝呢？原来藕的结构中有一些与人体血管类似的组织，称为导管。藕中导管的内壁上有环形和螺旋形的花纹，且有保护导管的作用。

藕被斩断时，螺纹导管会像弹簧一样延展拉长并保持不断，这就是我们看得到的藕丝。每根藕丝有3至8根细丝，它们能像弹簧一样被拉长，最长可达10厘米，一放手还会缩短。

仍以莲藕为例，莲藕中的孔有什么作用呢？南湖的植物"科普老师"可以为我们揭晓谜底。莲藕是荷花的茎，生长在池塘的淤泥中，

南湖广植荷花

圆圆的小孔就分布在莲藕中，植物和人一样需要呼吸。藕埋在空气稀薄的淤泥中，想要顺畅地呼吸就要"另辟蹊径"。莲藕的小孔连着空心的长叶柄，长叶柄与挺立在水面上的荷叶连通，因此从荷叶吸进来的新鲜空气就可以平顺地输送到淤泥中的藕体内，藕就可以顺畅呼吸了。

行走在池塘边，会发现水草在冒泡，这是怎么回事儿？南湖的植物"科普老师"同样能够告诉我们答案。无论是河湖里的水草，还是家中鱼缸里的水草，它们总会时不时冒出泡泡，这是光合作用引起的现象。世界上绝大多数绿色植物都要进行光合作用，水草也不例外。在阳光下，水草植物叶片中的叶绿体利用太阳光将吸收的二氧化碳和水合成有机物，并释放出氧气，这时我们就能看到水里的泡泡了。如果外界阳光特别充足，水草进行光合作用的强度就高，那么释放出来的氧气就多，产生的泡泡也就多。

经常有朋友用柔美的鲜切花来装点居室环境，可令人失望的是，用不了几天浸在水中的花茎就会腐烂。如果来到南湖请教植物"科普老师"，便可知晓其中的奥秘。原因是植物的根既会吸收养料和水分，也会进行呼

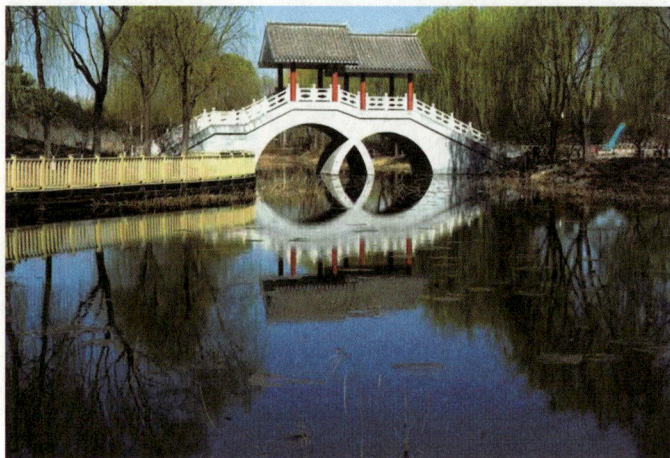

水生植物园

吸。如果根泡在水中吸不到氧气，自然就会腐烂。而水生植物，如荷花的根内部细胞间隙大、上下连通，空气自由出入，根表皮的半透明膜渗透力强，可以通过内部细胞间隙供根呼吸。另外，某些水生植物的茎、叶还能储存水，所以不会腐烂、死亡。

南湖不光是一座风景如画的城市公园，还是一座展现植物科学知识的科普基地，是人们了解植物知识、体会植物美感、感知植物文化、参与科普互动的理想场所，寓教于乐，丰富了广大游客的文化需求。

# 南湖"城市绿肺"

南湖，号称北方工业城市中最大的城市森林公园，是一座没有围墙的养老院、青年人的恋爱胜地、开放的儿童乐园。在大南湖的东南部，有一座徽派建筑"南湖人家"，其门前竖立着一块LED显示屏，持续播报南湖空气的实时负氧离子含量、湿度和温度等。据此，南湖的负氧离子含量随季节的变化而变化，且平均数据是南湖生态修复前的两倍以上。

曾几何时，唐山市区空气中可吸入颗粒物持续呈重度污染，唐山成为全国雾霾最严重的城市之一。而唐山能达到如今空气质量持续向好，除了壮士断腕痛下决心治理污染源外，南湖大面积的绿植起到了不可替代的作用。南湖30平方千米核心区的植绿面积达

龙阁上俯瞰南湖美景

到19.5平方千米，绿化覆盖率达到65%。未被绿植覆盖的面积绝大部分是湖面和水域。按照1万平方米森林平均吸收1吨二氧化碳、释放0.73吨氧气计算，每年可吸收二氧化碳1882吨、释放氧气1330吨，极大地改善了区域气候和生态环境。据气象部门在2009年测算，唐山市区极端最高和最低气温分别比

绿色空间

常年降低和升高了3至4摄氏度，降雨量比往年增加了230毫米，城市正变得更加宜居。一座城中有水，水中有山，满眼皆绿，山水相依的现代化生态城市正在渤海之滨崛起。这些成就的取得，南湖的绿植功不可没。

绿色植物都具有滞尘作用，其滞尘量的大小与树种、林带、草皮面积、种植情况以及气象条件等均有密切关系。森林之所以是天然吸尘器，是因为树木高大、树冠稠密，因而风速被减小，使尘埃沉降了下来。树木滞尘方式有停着、附着和黏着三种。叶片光滑、面积大的树木吸尘方式多为停着，如桃花、重阳木、女贞、泡桐、悬铃木等；叶面粗糙、有绒毛的树木吸尘方式多为附着，如核桃、毛白杨、构树、朴树等；树叶或枝干能够分泌树脂、黏液等的树木吸尘方式多为粘着，如松柏类植物等。

树木的减尘效果是非常明显的。绿化树木地带比非绿化的空旷地带飘尘量要低得多。同时，绿地也能起到减尘作用。生长茂盛的草皮，其叶面积为其占地面积的20倍以上，其根茎与土壤表层紧密结合，形成了地被，有风时不易出现二次扬尘，对减尘有特殊的功效。绿色植物的减尘作用，无疑帮助减少并阻碍了空气中细菌的传播，同时还起到了杀菌作用。我们在去往凤凰台的路上，会看到林下大面积的竹节草坪和浅根地被，疏林浅草在南湖随处可见，它们为保护和改善环境，绿化和美化城市，为人们创造良好的生活环境发挥着不可替代的作用。

绿色植物是生态平衡的支柱，不仅能美化城市，吸收二氧化碳、制造氧气，而且在吸收有害气体、吸附颗粒、杀菌、改善小气候、避震、防噪音和监测空气污染等方面都有着长期的综合作用和效率。我们在静谧的森林和松软的草地上行走，无不感受到空气中那种树木和泥土的芳香，其原因就在于此。

南湖被称为"城市绿肺"真乃实至名归、当之无愧！

# 开滦与南湖植绿发轫

在南湖种植的高大乔木中，有一种树冠宽阔优美、叶片绿中微黄的树木，这就是我国最早由开滦引种入埠的洋槐。南湖的洋槐、唐山的洋槐，乃至整个华北、东北地区的洋槐都来自开滦！槐树乃豆科、槐属树种，萌芽力强、寿命长，宜为行道树或庭院树。国槐是唐山市市树，花朵芳香沁人心脾；而洋槐槐花无特别气味，尤宜作园区绿化、工矿区绿化之用，因材质坚硬，更适合做建筑、支撑用材。

1881年，开平矿务局总办唐廷枢在筹建运煤河时，见塘沽一带荒地甚多，遂产生了开办林牧场加以利用的念头。于是，邀集亲朋好友共募股金13万两（其中开平矿务局6.5万两，其余由唐廷枢的亲朋好友认足）购买了塘沽荒地4000顷，在宁河县新河合股开办了一个塘沽耕植公司，整个农场由开平矿务局派人管理。采用西法使用机器开垦荒地，开展植物种植和发展畜牧养殖，并拟用此处生长的树木成材后充作井下坑木使用，洋槐即在此时由西方引种我国。

开滦林场一隅

1900年后，开平矿务局被英人骗占，继任总办的张翼将新河农场地亩作为开平产业一并移交给英人新成立的开平矿务局有限公司。滦矿开办后，也在马家沟矿种植了由德国购入的125万株洋槐，以备将来做井下坑木之用。1922年，开滦经营的林场业务划归地亩处管理，地亩处除了经营新河农场外，还在林西矿、马家沟矿、唐家庄矿、赵各庄矿、唐山矿等处择场地种植洋槐。同年6月，开滦试种西伯利亚洋槐品种；至8月，在阎庄、胥各庄一带共植有107.5万株洋槐。1923年，地亩处又拨出森林地350亩种幼树53699株。当年，又增加森林地480亩，补种9.52万株新树。

截至1930年，开滦在唐山市区有植树地394亩，胥各庄一带有植树地1972.649亩，马家沟一带有植树地3231.71亩，赵各庄一带有植树地2266.86亩，唐家庄一带有植树地78.281亩。总之，凡是开滦所属老矿无不留下洋槐的挺拔身影。开滦林西矿一员司房、三员司房、高尔夫球场周边，开滦唐山矿西门外、唐山矿春光楼、建国楼（过去称司士房）的行道两侧及庭院，西山路小学门前和开滦宾馆门前行道和庭

开滦唐山矿内现存古木洋槐

院，都种植着大量洋槐。直至现在，还能看到当年洋槐高大而苍翠的身影。

昔日因外地采购坑木困难，开滦曾将其中22534株洋槐砍伐充做井下坑木使用。解放后，开滦的林场造林工作得到发展。20世纪70年代后，将营造坑木林列入"四五"规划项目，并逐步走上与地方联营，共同开发的道路。现在的开滦林场，分布于唐山丰润、迁安和秦皇岛抚宁三地，号称"十万亩大山"，自2019年开始积极探索移交地方之路。

不仅如此，开滦曾经在南湖区域和陡河沿岸开平双桥一带的植树活动中，发动和组织了万余名职工参与，为唐山的生态环境改善发挥了大企业的社会贡献作用。

## 南湖湖水清冽之道

南湖湖水原有的突出问题在于水质污浊。水源地之一的青龙河盛装了行洪水和半个市区的生活污水，早期的生活污水甚至是未经处理过的。后来每天有约8万吨经过西郊污水处理厂处理的中水经青龙河汇入南湖，但水质非常一般，加上河床失修等因素共同作用，以致河水污浊不堪。另外还有以下几点因素导致南湖水质浑浊发臭。其一水体渗漏量大。受过去地下采煤扰动的影响，每年有700毫米至900毫米湖水渗漏进地下开采后形成的缝隙和孔洞中。其二水体蒸发量大。南湖地处北纬39度47分，日照较强，水

水生植物净化水质

域面积大，每年蒸发量平均1米。其三水体缺乏流动交换。南湖区域由多个大小不一的采煤塌陷坑组成，大的成湖，小的形成了洼地或次生湿地，即沼泽地，有些沼泽地水体处于静止状态，导致水体发臭。即便采煤沉降造成的地下缝隙和孔洞会使地下水渗出地面，因总量较小，根本起不到改善水质的作用。

流水不腐、户枢不蠹，因此生态修复采用了扩湖方法，利用管网或涵洞让水体既独立分割，又成为流动的整体。通过湿地和水生植物过滤、净化水质目前看来是改善水质最生态的方法。把大南湖和小南湖凤凰台东侧的湿地功能发挥出来，在桃花潭和龙泉湖等湖岸、水边种植大量芦苇、菖蒲、荷、莲等具有生态循环和修复功能的植物，既净化水质，又美化水体。同时，充分利用开滦唐山矿B区产出的矿井水，对湖水进行稀释、置换、更新。唐山矿每天需要将4千至6千吨经过净化处理的矿井水从龙泉寺附近注入南湖，输送矿井水的成本高达120多元/吨。市政府将大黑汀水库的水引入陡河，再把陡河水引作季节性补水，经过14.7米的等高和三级扬程，奔涌107千米，由地震遗址公园南面的河渠注入南湖，至此进入南湖的陡河水每立方米价值100多元。通过如上治理，才使得南湖湖水波光粼粼、碧波荡漾。

这些水在南湖中完成了使命和任务后，将华丽转身分成两股分别汇入渤海湾，一往直前奔流到海不复回。一股先进入丰南惠丰湖，再经唐津运河汇入天津入海；另外一股经唐海直接入海。细心的游客应该能够发现大南湖相较于小南湖野鸭、天

东眺龙阁（孟顺生拍摄）

鹅等水鸟更多，其成因就是到了冬季，小南湖易结冰，大南湖不易结冰；还有一点便是小南湖水位高，大南湖水位低。

其实，在治理南湖水质生态的过程中，与南湖水质还清具有密切联系的还有陡河、青龙河治理和环城水系建设。后会一一介绍。

# 南湖与"两河"及环城水系

陡河、青龙河的治理和环城水系建设不独南湖受益，还关乎唐津两市人民饮用水安全，关乎唐山市民生活质量和幸福指数的提高，有必要赘述几句。

陡河水库是唐山市民饮用水源地，属终端调节水库，平均海拔高于市区10米。联想到2021年郑州"720"特大水灾，在没有战争的和平年代，人们并没有意识到堤坝高于河岸是城市安全的巨大隐患和威胁。1976年7月28日唐山大地震，驻军部队首先奔赴的就是陡河大坝，严防死守，唯恐大坝损坏危及唐山市民生命和整座城市的安全。时间久矣，大地震的创伤也随着时间流逝而逐渐淡化，过惯了祥和安宁生活的唐山人很少考虑其安全性，最关心的还是与民生联系密切的水源水质问题。为了确保陡河水质稳定向好，政府关停了该流域所有的网箱养鱼场，

大南湖水面滚坝

拆除了违章建筑，禁止在一定范围内从事种植养殖活动，并动员社会各界力量在陡河两岸大规模种树植绿，修建了岸堤和带状公园，使得陡河沿岸整体面貌焕然一新。

而青龙河治理情况相对复杂、问题繁多，在治理难度上比治理陡河要大得多。此河是市区中部和西部唯一的排水出口，有行洪和排放生活污水两大功能。受篇幅限制，仅以南新道至南湖这一段排污为例略作阐述。此段共有南新道桥排污口、西电桥北侧福乐园排污口、西电桥南侧正泰园小区排污口和郑各庄排污口等若干未经处理的敞开式生

疏浚游船河道（顾翔普拍摄）

活污水排污口。由于该处地势落差小，流速缓慢，于是河水污浊、蚊蝇滋生，严重影响河道周边居民的日常生活。而河道淤积严重、驳岸老化、水土流失严重，也影响了河道行洪和自净能力。

相关部门思虑再三，拿出了青龙河的可行性生态修复方案。把所有排污口的生活污水通过管网收集起来输送进污水处理厂进行处理，按照"行洪优先、生态修复、功能提升"的设计原则依次展开。在行洪优先上，清挖了河底，加宽了河道。有的低洼河道，采用开挖土覆盖原来的淤泥层。改变原有的断面形式，由斜坡状改为立崖式或设阶梯，大量采用石砌、混凝土、石笼为立崖。阶梯上种植水生植物或设浮床，起到既美化水面又净化水质的作用。对河坡，除了硬化，还在上部大面积种植草皮护坡，以防水土流失。在生态修复方面，主要采取了湿地法、浮叶植物法和水培植物法净化水质，大量种植具有净化氨氮作用的千屈菜、菖蒲、达香蒲、美人蕉，以及大量采用美人蕉与石菖蒲组合等。堤岸两侧，则种植柳树、槐树等乔灌木，形成两岸林带。在功能提升上，将青龙河、李各庄河、凤凰河、凤凰湖及陡河等水系从西、北、东三面连接起来，建造出一条长达57千米的环城水系，形成了一条整合各水体（包括南湖）和城市功能的水系生态系统，实现了水系生态的可持续性。如今，从卫星云图上看，环城水系如同一条镶嵌着巨大绿色翡翠的珠链，而南湖正是珠链上那颗碧绿夺目的翡翠！

唐山人幸矣！

## 南湖水系驳岸处理精要

在前文中，曾经花费整篇篇幅梳理南湖清清湖水的来源和流向。本节虽重点谈及南湖的驳岸设计，但因与水系、水质和水生态有着不可分割的关系，不得不再花费些许笔墨，尽量不重复啰嗦地聊一聊南湖对水系、水质的要求。

流入南湖的水，是由国内现有科技和生态的最高工艺水平作为保障的。随着经济社会发展和政府环保工作力度逐渐加大，市区内的污水必须全部经过处理，达到三级中水标准后才能经青龙河排入南湖。青龙河结合河流的纵向坡道，经过清挖、拓宽、冲刷、过滤、沉淀，种植了大量沉水和浮水植物曝气（即给微生物提供氧气），构建起了较为完善的人工湿地生态系统。南湖的另一股水源——陡河，是唐山市民的水源地，每年的季节性补水更不会对南湖的水质造成污染。

开滦唐山矿B区排入南湖的过滤水为矿井水，矿井水中没有氮、磷和生活污水中常有的污染物。2022年5月6日化验硬度为206，基本处于饮用水标准的最佳值。偶有矿井设备中微量的液压油脂渗入，经过沉淀、过滤等一系列工艺处理，流入大南湖后，经过湿地的循环处理和小南湖水体的对流循环，点滴油脂于每天注入南湖的海量矿井水而言，经过稀释早已踪迹全无，实在可以忽略不计。况且，大南湖南部湖区种植了大量沉水和浮水植物以净化水质，可以说达到了生态治理的最大化。凤凰台东侧的水域，综合了水生植物、水生动物、水生微生物进行综合治理。同时结合生态科技园区域，采用生物菌剂、太阳能除藻器等高新生态科技进行综合展示。

大、小南湖的驳岸设计，则充分反映出设计者、建设者和南湖的运营管理者为了南湖的生态着想，几乎穷尽了方法，做到了极致。南湖堤岸的驳岸设计大体可分为直立式、缓坡式、阶梯式和亲水栈道式四种。直立式驳岸，又分置石（水泥）驳岸和生态驳岸。一般仅在主轴线一侧或临近码头的地方设置置石（水泥）驳岸，其他则大量采用生态驳岸，即使用木桩围护。缓坡式驳岸一般为草坡驳岸或湿地浅滩驳岸，也属于广义的生态驳岸。阶梯式驳岸一般在不同层次的阶梯上采用小型浮箱、浮岛的方式种植水生植物，对水质起净化作用。亲水栈道驳岸主要依附于堤岸的自然地貌，由成千上万个浮箱托起，不会对水质造成污染，此种驳岸设计亦应属于生态驳岸。由此可见，为了净化水质，真是在细微处下足了功夫。

在南湖和入湖的水系

远眺湖畔里（孟顺生拍摄）

中，还设置了大量的浮岛、浮床和浮动湿地。一般来讲，浮岛为圆形，浮床为长方形（龙泉湾可见），浮动湿地大多为大十字哑铃形（青龙河和陡河通渠常见），其上遍植芦苇、菖蒲等水生植物，并用树桩、树枝等生态材料作围栏。陡河通渠中有些浮动湿地则采用把渗水花箱或花盆固定在浮床上沉入水中，水面上呈现出绽放着美人蕉等净化水质植物的盛景。更有个别地段，驳岸设计更新奇，采用异型空心砖对驳岸作依次渐上式铺陈以过滤水质、黏附水面漂浮物。这些措施，都给南湖的清澈水质提供了重要支撑。

# 南湖举办世园会

　　不是哪个城市都有资格主办世园会，尤其是重工业产业聚集，既不是省会城市，又不是旅游城市的唐山。然而，在全市人民的努力下，唐山凭着一己之力，使南湖和整个城市发生了巨大的变化。唐山不仅承办了世园会，而且举办得相当成功；不仅世园会取得圆满成功，还为后世园铺平了道路，为整座城市的发展、文明程度的提升和市民审美品位的提高奠定了基础。

# 世园会科普

世界园艺博览会是由国际园艺花卉行业组织——国际园艺生产者协会批准举办的国际性园艺展会，有着世界园林园艺界"奥林匹克"盛会的美誉。

世界园艺博览会的雏形起源于欧洲中世纪商人们的定期集会——集市。当时，集市的主要功能是初级商品的现场交易，人们注重的是为了满足生产生活需要进行物物交换或单一商品买卖。进入19世纪，集市规模逐渐扩大，入市交易的商品种类和参与的人员越来越多，集市期间的人文气氛也越来越浓厚。大约在19世纪20年代，人们就把规模较大的定期集市称作世界园艺博览会，并将其单一的商品买卖功能逐步扩展为物资的交流和文明成果的展示，人们关注的重点也随之从简单的商品买卖演变成对生产技术的交流、对文明进程的展示和对理想生活的企盼。

南湖导游示意图

进入20世纪，世界园艺博览会的举办地仍主要集中在欧美发达国家。由于世界园艺博览会举办得过于频繁，耗费大量资材，给参展国家的财政造成很大困难，各种矛盾迭起。为了控制其举办频率和保证举办水平，1928年，35个国家的政府代表在法国巴黎缔约，对世界园艺博览会的举办方法做出若干规定，如举办世界园艺博览会要有主题，展示时间不超过6个月等。世界园艺博览会是世界博览会中的一类，世界博览会分为综合性和专业性两大类，专业性博览会分为A1、A2、B1、B2共4个级别。其中A1类是级别最高的专业性世界博览会。A1类，大型国际园艺博览会。这类博览会每年不超过一届，时间最短3个月，最长6个月。在

南湖凤凰台航拍

展览会开幕日前6至12年提出申请，至少有10个不同国家的参展者参展。此类展览会必须包含园艺专业的所有领域。A2类，国际园艺展览会。每年最多举办两届，展期最少8天，最多20天，至少有6个不同的国家参展。B1类，长期国际性园艺展览会。这类展览会每年度只能举办一届，展期最短3个月，最长6个月。B2类，国内专业展览会。唐山申请举办的是A2类+B1类。

国际园艺生产者协会的最高执行者是协会主席，主持日常事务的是秘书长。下设：①代表委员会，AIPH最高执行机关；②审议会，由各成员国的分会领导及代表组成，负责审议入盟会员的种别和与园艺事业相关的国际活动事宜；③理事会，由协会主席、副主席组成，是AIPH组织的最高决策机构。在唐山申办前，国际展览局共有正式成员国47个。

历史上，世界园艺博览会的举办地大都是经济比较发达的欧美国家。在亚洲，日本举办过4届，韩国举办过1届，泰国举办过1届。从1999年起，中国也开始承办世园会，分别是"1999年昆明世界园艺博览会""2006年沈阳世界园艺博览会""2010年台北国际花卉博览会""2011年西安世界园艺博览会""2013年锦州世界园林博览会""2014年青岛世界园艺博览会""2016年唐山世界园艺博览会"和"2019年北京世界园艺博览会"。

# 申办世园会缘起与失败

1999年，昆明世园会大获成功，不仅让这个四季如春的"植物王国"蜚声中外，更因展会后保留了所有场馆和景观，进一步孕育和促进了云南旅游业和商贸业的一次大发展，直接促成了改革开放以来云南经济的一次大飞跃。受此启发，2006年沈阳世园会、2010年西安世园会和2014年青岛世园会陆续举办。

20世纪九十年代的南湖浓烟滚滚

唐山的申办工作始于2007年。是时，唐山正处在经济转型的关键时期——煤炭、钢铁、建材和化工等重工业产业结构让这座经历了大地震劫难的百年工业重镇再次面临严峻考验。为了实现资源型城市转型，唐山至少要破解三道难题。一是知名度、美誉度不高，二是对外开放不够，三是生态环境不优。尽管如此，唐山市委、市政府在广泛借鉴新兴城市发展经验的基础上，一方面狠抓城市转型，发展海洋经济，治理环境污染，开发建设南湖；另一方面做出了一个前瞻性决策——申办世界园艺博览会，要以此为抓手，破解发展难题，促进唐山市全面、协调和可持续发展。

2008年12月，唐山市人民政府正式向中国花卉协会递交了关于举办2016年世界园艺博览会（A1+B2类）的请示，并向外交部、商务

和谐

部、国家林业和草原局、中国贸促会及河北省有关部门递交了申请，得到了上述部门的肯定和支持。2016年恰逢唐山抗震40周年，适时举办世界园艺博览会意义重大而深远。但是，请示并没有立即获得中国花卉协会的首肯。他们认为以往在我国成功举办世园会的城市均是一些知名度较高、生态环境较好的省会城市、副省级城市或旅游城市。相比之下，唐山作为一座震后重建的重工业城市，基础设施建设尚不完善，城市总体环境不太适宜，花卉产业在全国知名度不高，文化设施和投入也不尽完善，若想举办如此规模的世界园艺博览会，唐山恐怕难当重任。唐山首次申办世园会至此搁浅。

# 协力公关申办权

为了在2016年，即唐山大地震40周年之际，世园会顺利落户唐山，唐山市委、市政府铆足干劲、上下齐心，展开了大规模、强有力的公关活动。

2009年8月5日，唐山市邀请了中国花卉协会会长来唐视察；同年11月11日，又邀请了国际园艺生产者协会主席法博先生来唐指导申办工作。唐山推进生态城市建

1976年唐山大地震灾后满目疮痍

设的成果和精细的申办工作深深打动了他们。法博先生在唐山大地震纪念墙前表态：一定要让唐山申办成功，否则对不起大地震中罹难的24万亡灵。

2010年3月，唐山申办代表团应邀参加了在泰国清迈举办的国际园艺生产者协会春季会议，由唐山市副市长向与会代表做了全面详细的推介，取得了良好效果，得到了广泛支持。

2010年7月，国际园艺生产者协会主席法博先生率考察组再次莅临唐山考察，对申办准备工作给予了高度评价，认为唐山有条件、有能力承办2016年世界园艺博览会。

新世纪轰轰烈烈的南湖建设

2010年10月，以唐山市市长为团长的代表团赴韩国顺天市，参加国际园艺生产者协会第62届年会。年会上，唐山市以全票获得了2016年世界园艺博览会的承办权。10月5日，在投票的前一天，唐山市代表团召开了一个小型推介会，播放了特意制作的纪录片《凤凰涅槃的城市》，主要展示了唐山大地震灾后恢复重建的成就。据当年的代表团成员说，看片子的时候很多外国朋友落泪了，他们说这座城市了不起，应该让世界看到它。让世界看到唐山、了解唐山，这也是唐山申办世园会的初衷。由此，唐山成为我国第一个承办世界园艺博览会的地市级城市，是首次利用采煤沉降地，在不占用一分耕地的情况下举办的一届世界园艺博览会。

2013年8月，国家林业和草原局、中国贸促会、中国花卉协会复函省政府，同意与省政府共同主办2016年世园会。

2013年9月3日，省政府向国务院报送了办会请示。

2014年2月，经世园会筹委办积极协调，商务部出示了支持性意见并呈报国务院。

2014年3月，国务院领导同志在《商务部关于举办2016年唐山世界园艺博览会的请示》上作出批示，同意唐山市举办世界园艺博览会。

2014年4月14日，商务部复函河北省政府，正式批复同意举办2016年唐山世界园艺博览会。

## 世园会会址建设

申办成功后，唐山瞄准世界一流水平，借鉴历届世园会经验，充分利用南湖的水景资源和其他的固有资源，突出生态、环保、低碳理念，以"都市与自然凤凰涅槃"为主题，以"时尚园艺、绿色环保、低碳生活、都市与自然和谐共生"为理念，围绕"和谐、环保、绿色、生态、文明"的主线，充分运用高新技术手段，把唐山固有的文化元素、历史风貌、文化传承和现代文明以及时尚元素紧密结合，与世园会核心区内水体有机融合，突出打造了"以水为魂"的景观体系，进一步实施采煤塌陷地生态修复，决心举办一届精彩难忘、永不落幕的世界园艺博览会。

南湖游客中心开始建设（顾翔普拍摄）

担负制定规划的是北京建筑设计研究院，该院还一并负责世园会相关设计专业的协调工作；负责景观工程设计的是北京正和恒基滨水生态环境治理股份有限公司。2013年3月28日已有内部消息传出，唐山人志在必得的世园会将落地唐山，千余人组成的植树大军在2016年世园会会址开展义务植树活动，标志着唐山承办的2016年世界园艺博览会建设工作超前启动。

景观工程设计分为核心区和体验区，总体规划面积19.7平方千米，实施重点项目51个。其中核心区范围为南新道以南、京山线以北、建设路以西、丹凤路以东，占地5.4平方千米，其中水面1.43平方千米，总体空间布局为"一轴八园"。"一轴"为主轴景观区，由北向南依次布局为一号门区、城市规划展览馆、中轴线广场、光影水舞秀、

技术人员调试世园会项目之一
唐山大剧院舞台吊杆

龙山及附岭和低碳生活馆等景观节点；"八园"为国内园、国际园、设计师园三大主体展园和植物园、工业创意园、低碳生活园及青少年世博园、雕塑园分类展园。具体布局为：中轴线东侧为植物园、国内园、游客中心（后改在西部）及小南湖景区等景观节点；中轴线西侧为大南湖景区、凤凰台、国际园及设计师园等景观节点。规划建设6个出入口、17个服务区以及世园会

指挥中心、综合展示中心、低碳生活馆、风情植物馆等4个主场馆。

世园会后，有些景观和门区做了调整。

# 景观建设山重水复

实际上，在申请举办世园会前，南湖的生态修复工作大部分已经完成，一些主要的景观节点建设也已完成。是时，大、小南湖中桃花潭、龙泉湖等九湖，龟石山、凤凰台、龙山、植物园、中轴线广场、丹凤朝阳雕塑和莲藕雕塑等主要景观已经基本定型，会址景观形成了较好的群落基础和布局。2009年5月1日，南湖城市中央生态公园正式对外开放，出现了仅三天时间就有超过35万人进园游玩的盛况。至此，唐山有了成功申办2016年世界园艺博览会的底气。

然而，举办世园会却是另外一个概念。所幸的是，经过了"三年大变样"，大规模危旧房改造和风起云涌的拆迁，房地产开发项目星罗棋布，遍布主城区各个角落，唐山城市建设日新月异。政府投入巨资，使得南湖周边的路网建设四通八达，道路等基础设施建设随建设路改造、南新道和北新道的扩建初具规模。世园会会址周边集中建设了唐山大剧院、唐山图书馆、唐山档案馆、唐山群艺馆、南湖大剧院、唐山美术馆、唐山国际会展中心和唐山宴等几座场馆，总建筑面积达到了38万平方米，客运公交线路可达唐山7个区、336个社区。

若是想要成功举办世园会，唐山市还面临着三大难题。一是场地逼仄。虽然唐山市世园会的会址建设用地远超沈阳、西安、青岛等地，总面积不小，但是水域面积占比大，陆域面积小。而且唐山市考虑到世园会后的永续利用，后世园要走文旅融合的发展道路，必须按照旅游景区的标准预留出游客服务设施用地，这样一来，用地显得尤为紧张，以至于一些

铺设市民广场地面（顾翔普拍摄）

城市展园仅预留了几百平方米的展示用地，不得不让各个城市展园的设计者们在设计时挖空心思、绞尽脑汁，大量运用本城市代表性的元素、符号等来突显当地特色。如张家口展园，按比例缩微建造的张家口大境门城楼门楣上书"大好河山"四个颜体大字，让游客一看便知此园为张家口展园。有的干脆用区域代替，如"西部园"，用上若干我国西部地区常用的建筑材料或者特色植物代表某些城市。只有主要的、有特色的大型城市展园和东道主城市的展园才显得宽敞气派一些，如北京园、江南园、唐山园等。

铺设输水管道（顾翔普拍摄）

二是城市建设、生态修复、环境治理与会址景观节点建设同步进行。同样，会址内的景观节点建设项目众多，场地、用水、用电、道路，孰轻孰重，谁先谁后等，统筹、摆布、协调的工作量具体、繁琐且复杂。由于工期紧，任务量大，需要强有力的组织领导，更需要"弹好钢琴"。为此，南湖组建了指挥部，分成了若干工作组，每天挑灯夜战，进行协调调度，市领导150多次现场办公，亲自指挥。甚至夜里十二点半，指挥部还在废寝忘食地工作的情形也时有发生。在南湖会址景观节点建设的过程中，组织者把伟人"分散以保存自己，集中以歼灭敌人"的军事战略思想运用到了极致。分散以做好外围的事情，如组建陡河、青龙河"两河"治理公司，确保"两河"水质达标，人民生活用水有保障，南湖湖水清冽；集中则排出轻重缓急，凝聚力量加快龙头项目、重点项目建设进程。

三是资金困难。世园会会址建设和景观节点建设需要海量的资金。唐山树立了经营城市的理念，采用的是PPP等模式，实现了社会资本与政府购买服务相融合的形式，组建了唐山世园投资发展有限公司作为世园会和后世园运营的主体。之后，又组建了唐山文旅集团，实行企业化经营，政府则集中精力做好自己的事情。

# 起步区形象界面兑现

南湖生态城牵扯到整个市区的建设规划，起初近期和中期规划均为五年规划，而长期规划则是十年规划，其间经过了几次反复调整和修改。南湖起步区规划到实际落地的过程充分体现了螺旋上升的发展轨迹。

起步区的总规划用地面积约130.03公顷，主要以"一心三轴"为范围。"一心"指以唐山地震遗址公园等为主体的核心圈；"三轴"指建设南路、唐胥路、岳各庄路三条城市主干道路沿线及两侧绿带和绿地（唐胥路含北侧的湿地公园）。

唐山地震遗址公园规划占地约3.17公顷，位于岳各庄路北侧原地震遗址区域。以保留地震遗址为原则，采用玻璃墙分割，既保证了景观的连续性又保障了遗址不受人为干扰，并通过安全、鲜活的形式向游人普及相关科学知识，发人深省。

建设南路沿线及两侧绿带占地面积约22.11公顷。道路两侧60~80米范围规划为绿化带，起到防尘与降噪的作用，以弱化干道对周边环境的影响，为行人提供安静、优美和遮阳的环境。因建设南路是规划地段连接城区的主要通道，所以力求将其地段内部空间环境营造成与城市环境相互联系、相互渗透的绿色廊道，将优美的自然景观引入城市。

铺装台阶面板（顾翔普拍摄）

唐胥路规划中，林荫路上的行道树由两种不同树形的树种组成。中部为大圆形冠状树木，两侧为垂直向上树形的杨树，利用一人高的灌木丛沿唐胥路两条城市干道界定园区。园区一部分为色彩斑斓的花园，一部分利用造型灌木进行设计。利用综合科学手段治理唐胥路北侧塌陷形成的水塘区域，净化水质，以期初步形成良好的湿地景观，成为南湖湿地公园的延续，也为后期南湖湿地公园的规划提供示范、指导。

岳各庄路的规划与上述两条路的主要区别是绿化带采用郁闭式，以自然配置为主，沿路利用不同的地形地貌，搭配植被线条和色彩，将常绿、落叶乔灌木、花卉及草坪地被配植成高低错落、层次参差的树丛，以树冠饱满或色彩艳丽的孤立树、花地、岩石小品等组成各种植物景观，以达到四季有景、富于变化的景象。在绿化带中，穿插设置服务设施，满足游人需要。

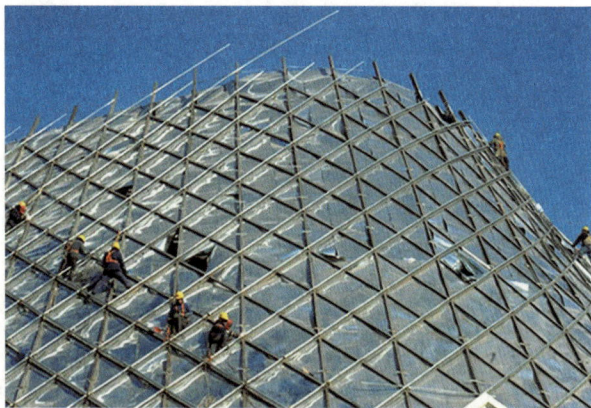

建设者焊接世园会项目之一
南湖国际会展中心玻璃幕墙龙骨

项目落成后，根据实际情况做出一些改变。其一占地面积大为调整。以地震遗址公园为例，实际占地面积620亩，达到了40多公顷。其二新型建筑大为增加。原规划保留原建筑，但由于老旧建筑过于破败，几乎全部推倒重建。还增加了许多与区域文化氛围相协调的新建筑。其三建造成本大为提高。仅以地震遗址公园为例，原先设计为玻璃幕墙，后最终采用3米多厚的大理石墙。起步区造价估算1768.8万元，而实际造价达到了6亿元。其四轴心路段大为扩张。除了上述"三轴"之外，随着城市的不断扩张，让复兴路南段扩展提升、梁家屯路和学院南路的扩展以及若干条南北向通往丰南道路的扩展和延伸成为当务之急。南湖的"一心多轴"建设，使唐山组织了对北新道、南新道和建设路的大规模改造扩建，极大缓解了市内的交通压力。随着站西片区的开发，房地产开发建设也由十九个庄、新城澜樾府延伸到新天地美域，蔓延到南湖大道。道路则从北到南建设了学院南路、梁家屯路、正兴路、唐胥路、仁和路、站前南路、西外环路、西二环路等八条道路，连同东部旧有的唐柏路、新建的地震遗址公园南侧的紫天鹅路，形成了市区通往丰南的十条道路，从地理和交通上拉近了与丰南的距离，创造了丰南区划入主城区的地缘条件。新的车站路南段延伸也已和丰南实现了连线，城市交通状况得到了有效改善，城市面貌焕然一新。

不仅如此，沿路两侧的老旧小区也做了一定程度的改造。笔者时任开滦集团唐山社区服务中心主任，亲身参与了坐落在市区主干道沿线的开滦产权所属小区的配套改造、"穿衣戴帽"改造、沿线美化亮化工程以及14个企业小区自营锅炉房的集中供热改造。"一心多轴"建设带来的"蝴蝶效应"极大地提升了唐山市民的幸福指数。

# 世园会花落南湖

南湖生态城在2008年至2012年这五年间，累计完成重点建设项目126项，完成投资263.98亿元，并荣获多个荣誉称号。2001年，荣获河北省首届人居环境奖。2003年，荣获中国人居环境范例奖。2004年7月，荣获迪拜国际改善居住环境最佳范例奖。2005年，被命名为国家城市湿地公园。2006年8月，被河北省建设厅命名为"河北省五星级公园"。2009年7月，被联合国人居署授予中国南湖《HBA·中国范例卓越贡献最佳奖》；同年9月，被河北省旅游局评为"河北最美30景"之一；同年10月，被授予首批"全国生态文化示范基地"称号；同年12月，被评为国家4A级旅游景区。2010年7月，被国家体委评为"国家体育休闲示范区"；同年12月，被评为河北省"十佳公园"；同年，获得"中国最佳休闲中央公园"奖项，也是河北省唯一获得此殊荣的景区。2011年8月，被确定为河北省生态文明建设促进会副会长单位。

在此期间，累计完成各级领导参观视察和驻地安保任务986次，接待党和国家领导人22次、省部级领导46次、一般性接待764次，旅游人次突破了1600万。历届党和国家领导人多人多次踏访南湖。举办南湖国际雕塑节、世界旅游小姐大赛、市直机关运动会等大型活动95次，成为唐山市民休闲娱乐、外地游客来唐旅游的热门景点。2013年中国第八届花卉博览会更成为2016年唐山世界园艺博览会的预演。

在未举办世园会之前，南湖的基础设施建设早已如火如荼地大规模展开。申办世园会成功后，主要侧重于世园会规划中的景观节点建设，特别是园区建设及内部配套建设，会址建设与国家5A级旅游景区建设同步进行。借力世园会，南湖绿化面积增加140万平方米，新增景观133处，基础设施、绿化景观又一次得到全面提升，新能源利用系统，高标准导引系统，环保设施系统和安全、服务及保障系统得到全面优

世园会花落唐山

化和提升。

2016年4月29日至10月16日，唐山世界园艺博览会盛大举办，主题为"都市与自然·凤凰涅槃"，吉祥物为"唐欣欣、唐荣荣"，会歌为《花漾唐山》，会期171天，共有国际上10个花卉强国、31座国内园林代表城市参加。在世园会举办的六个月中，每月都要举办一期单

世园会当天运用技术手段同时盛放的郁金香

项国际花卉展赛。还成功举办了中国—中东欧地方领导人会议、第5届中国金鸡百花电影节、中国北方旅游交易会、第十届中国—拉美企业家峰会、河北省国际经贸洽谈会、第九届唐山中国陶瓷博览会等重要经贸文化活动。世园会的高光时刻虽已成为过去，但对南湖的影响却深远绵长。此后，各级各类大型活动在南湖区域如雨后春笋般层出不穷，令人目不暇接。

# 世园会收益面面观

1986年，贫穷落后的河南省焦作市正式投资开发云台山景区，舆论一片哗然。1995年，时任山西省灵石县县长做出了让当地人震惊的决定：拿出全县大半年的财政收入重修王家大院，群众骂声一片。2012年，一穷二白的国家级贫困县河北省张北县，县委书记力排众议举债修建草原天路，引来争议无数。

如今，云台山被评为世界地质公园、国家重点名胜区、国家5A级旅游景区、国家森林公园、国家水利风景名胜区和国家猕猴自然保护区，带动了区域文旅经济增长，有效助力了乡村振兴。当年投资5000万元人民币修缮的王家大院，仅2014年的门票收入就达到3000万元人民币，旅游还带动了第三产业的发展，综合年收入达3亿元。总里程约323.9千米的张北"草原天路"直到2019年才全线贯通，被称为"中国的66号公路"，早已成为全国驰名的自驾游热门线路之一，极大地刺激了沿路农牧产品的销售和与旅游

万家灯火与静谧景区

相关的各项服务业的发展，可谓修一条路，发展一片产业，致富一方百姓。

当初，唐山市开发和建设南湖，特别是申办2016年世界园艺博览会，也同样有不少人质疑。焦点聚集在"该不该"和"值不值"这两个问题上。好在唐山市委、市政府力排众议，坚持决策、坚定信心、锚定目标、持续发力，终于将城市疮疤建成了一座城市中央生态公园。如今，南湖的各方面效益和成果已逐渐显现。

城市支点作用凸显。南湖生态城的建成颠覆了人们对城市中心的认知。许多年来，唐山人习惯性地把唐山百货大楼视为市中心，如果用一支圆规放在市区地图上，以百货大楼为中心画圆，我们会发现，市区的西部和北部涵盖了一大片，东部和南部缺失了一大片，比例和布局都严重失衡。南湖区域开发建设后，为了加快城镇化建设，先是在市区东南部组建了城南开发区，后来，索性把丰南区划入主城区。为了扩大城市规模，缩小农村比例，将唐海、南堡和滦南的部分区域整合在一起，组建了曹妃甸区。将乐亭切出一块，整合了部分区域，组建了海港区，一港双城的布局逐渐形成。县改区不是名称的简单变更，县以农村农业为主，区以城市产业为主，一字之差，内涵大不相同。而大南湖区域，北挑燕山、南临渤海，随着经济发展、社会进步和城镇化步伐加快，其城市支点的作用会愈加明显。

经济效益。随着南湖生态城的建设，区域环境面貌得到了彻底改善，周边土地出让价格由2万元/亩都无人问津迅速飙升到200万元/亩乃至800万元/亩。截至2019年11月，出让的融创（九中南侧）地块，每亩升值到1543万元，增长了近千倍。当年，南湖生态城完成投资80亿元，其中市财政拨付启动资金8亿元，仅占全部投资的11%，取得了1∶200的收益。随着南湖生态城核心区的开发建设，完全具备了偿清前期财政支持启动资金的能力。整个南湖生态城105平方千米土地，至少蕴含超过2000个亿的土地增值潜力。此外，规划区将吸纳大量城市居民，以人均住房消费12万元计算（实际上已远远超出）将大大拉动住房需求。人口的聚集将带来更多的消费需求和高端服务产业的兴起，每年还可新增社会消费品零售总额。未来，随着景区功能的完善、新版规划的实施，南湖生态

南湖与开滦
NANHU YU KAILAN

城与城南开发区紧密融合，丰南区又划入主城区，未来将迎来集中收益期，驶入跨越式发展的快车道。（以上数据来源于政府汇报材料）

生态价值。"南湖一出唐山绿。"南湖生态城的建成，令昔日污水横流、杂草丛生、垃圾遍地、人迹罕至的废墟地化身成为市区中央巨大的城市"绿肺"和"氧吧"。30平方千米核心区植绿面积达到19.5平方千米，绿化覆盖率达到65%，气候宜人，城市宜居，城市自来水、燃气普及率、污水集中处理率平均达到100%，集中供热率达到99.61%，建成区绿化覆盖率、人均公园绿地面积分别达到了41.5%和15.5平方米。一座城中有水、水中有山、山水相依的现代化生态城市正在渤海之滨崛起。

社会效用。有了南湖，唐山彻底告别了"傻、大、黑、粗"的粗放落后形象，"好玩南湖、生态南湖、神奇南湖、文化南湖"名号响彻冀东大地。南湖，已经成为唐山人民魂牵梦萦的旅游胜地、八方来宾的会客窗口。南湖，不但是唐山人颇为自豪的休闲场所，也成了京津乃至华北地区新的度假胜地。她像一块巨大的生态磁场，吸引着八方游客慕名而来，已累计接待海内外游客800多万人次。此外，南湖生态城已成为我市举办重大活动及群众休闲娱乐的重要场所。可以说，南湖月月有重大主题活动，周周有群众性文体活动，天天有小型团队活动，极大地丰富了广大群众业余文化生活。疫情之后，唐山市把皮影乐园、植物风情馆等几个收费项目改为免费开放，此举吸引了更多市民和省内外游客入园参观。

示范作用。南湖生态城的开发建设，对于全国130多个资源型城市转型起到了很好的示范作用。特别是大、小南湖采煤沉降区的生态恢复，无疑铺陈开一幅湖光山色、城景共融的绝美画卷，书写了经济转型升级和高质量发展的时代答卷。作为惊艳世界的生态杰作和工业城市向绿色生态城市转型的典范，见证了人类与大自然和谐共生的奇迹，为国内外提供了良好的示范案例，向全世界展示了中国坚定地走生态优先绿色发展之路的信心、信念和成果。

开滦建矿采矿年代久远，是全国唯一一座建在城市市区中心的煤矿。矿井采用直井式开采方式，而非抚顺煤矿或平朔煤矿等那种露天开采方式，采煤沉降区波及规模和范围之大在全国也

城市面貌日新月异

是唯一的。后来，山西、山东、河南和东三省等几个老牌矿山的代表参观南湖时无不感叹：唐山如此大规模的生态修复我们比不了，下了这么大的决心、具有这样坚定的意志我们比不了，持续这么长的时间、投入这么巨额的资金我们也比不了。此番感慨也彰显了唐山市在南部采煤沉降区搞大规模大手笔的生态修复，放眼全国也是首屈一指的。

# 人类进步的平台

公元前209年3月，陈胜吴广愤怒地发出"王侯将相，宁有种乎"的呐喊，为了追求平等，发动了大泽乡农民起义。人本来生而平等，而中国由于长期处在农业社会，即便现在我们国家已经初步实现工业现代化，城乡差距还是客观存在的，这种差距最终是要在人的身上体现出来的。我们往祖上数两三代也都是农民，要缩小这种差距，加快推进城镇化进程就是一条渠道。以十九个庄为例，大南湖建设一是改变了人们的身份，变为市民后，享受城市养老、教育、医疗等政策和待遇，人们的自信心和获得感得到了提升。二是改变了生活方式。至少结束了烧柴烧煤掏炉灰倒尿盆那种生活，人的尊严和幸福感进一步增强。三是建筑、物业、家政等行业吸纳了大量农民就业，农民转变为工人后，标准意识、规范意识、服务意识等有了新的提高，逐渐从被发动变为主动。而餐饮服务等第三产业的发展，又让许多农民成为老板或经营者。四是城市管理所要求的方方面面的法律法规、道德规范、行为规则等在主观上和客观上都要求农民逐步适应，即使老一辈农民群体适应的慢，但接受过教育、见识过新质生产力并且融入了现代生产关系和社会生活的年轻人会奔赴的快，已经和必然会开拓出不同于老一辈的属于自己的新的人生。凡此种种，我们可以得出一个结论，大南湖建设就是人类进步、社会发展的试验场和展示平台，尽管还存在着种种不如人意的地方，随着时间的推移也会逐渐消弭。相信，十九个庄的人们谁也不愿意回到拆迁平改前的过去，因为，铺满鲜花的前途是光明的！

各位读者，时过境迁沧海桑田，今朝再议南湖的开发与建设该不该、值不值，想来应是众口如一莫不称赞吧！而她的深远影响，恐怕在50年后、100年后乃至200年后更会得到愈发积极正面的评价。

# 南湖与开滦景区"联姻"

2015年，我曾带队前往青岛世园会考察，发现全园关闭。我对此心存疑惑，于是请教陪同我们考察的青岛世园会运营部张部长。张部长苦笑着摇头解释："人大代表和政协委员质询世园是由纳税人的钱建起来的，为什么纳税人进园还要花钱买门票？不收门票，世园运行费用太高，仅一个热带植物馆一年的运行费用就高达1000万元，青岛市财政实在负担不起，只好高挂免战牌。"唐山人和前来南湖游览的游客幸甚，在经历了短时间的收费后，南湖世园会的大门永远向所有人免费敞开了。

回过头来再看，现在的南湖为什么叫"唐山南湖·开滦旅游景区"，两家联姻中有什么必然联系？与没有开滦，就没有唐山一样；没有开滦，也就没有南湖，二者乃同文同种、同祖同宗的关系。

2008年，经国土资源部批准，开滦集团依托珍稀的遗存、厚重的文化、重大的题材，挖掘梳理中国近代工业发展史上的相关重大事件，倾企业之力建成了全国首批国家级矿山公园，使之成为一座集工业遗迹保护、煤炭科普文化和近代工业文明于一体的大型文化殿堂，一个遗迹遗址密布、典型生动的工业博物馆落地。

开滦国家矿山公园用事实证明，这里是中国近代工业的起点，是中国铁路的源头，是民族精神的丰碑，是近代百年历史的课堂。它涵盖"开滦博物馆""蒸汽机车观光园""中国铁路源头博物馆""金达记忆馆"四大场馆。它拥有全国重点文物保护单位——中国第一佳矿（唐山矿一号井）、中国铁路源头（唐胥铁路肇始之处）

中国铁路源头

及中国最早铁路公路立交桥涵洞（百年达道）。

唐山矿一号井已经成为中国近代工业的活化石，其中铁路源头是今天中国15.9万千米铁路大动脉的零起点和最端头。拥有省级文物保护单位一处——开凿于1879年3月的唐山矿2号井和开凿于1898年4月的唐山矿3号井。拥有建于19世纪20年代，历经唐山大地震仍屹立至今的以"29号洋房"为代表的近代建筑6座。

开滦博物馆收展上万件工业文物，其中一级文物48件、二级文物72件、三级文物326件。拥有数万件具有较高工艺价值、美学价值和文物价值的各类木样，还拥有19世纪30年代比利时生产、现在仍在使用的提升机等。特别值得一提的是馆藏的龙号机车复原模型，其大有来头，是由开滦集团旗下的铁拓重机公司承接复原任务，请来三位80多岁的老工人做指导，采用19世纪纯手工方式打造出来的这部点火就能前行的机车。直隶总督李鸿章，著名实业家唐廷枢、周学熙，清华、北大首任校长唐国安、严复，中国铁路之父詹天佑，美国第31任总统胡佛，历届党和国家领导人都在这里留下重要历史遗踪。这里，被众多专家学者誉为"无处可比拟、无地可替代"的近代工业文化神圣殿堂和"中国工业遗产保存最好的地方"。

国家一级文物开滦羊皮大账本

开滦在全国创造了若干个第一：第一，是中国近代开办最成功的大型煤矿。第二，是中国第一个采用西法开采煤炭的煤矿。第三，是中国最早的股份制煤矿。第四，开滦最早建成国际标准轨距铁路。第五，中国第一个火车站诞生于开滦。第六，生产了中国第一台蒸汽机车。第七，组建了中国第一个铁路公司。第八，中国第一座水泥厂诞生于开滦。第九，中国第一桶机制水泥由开滦生产。第十，中国第一件卫生洁具由开滦生产。第十一，开滦最早使用150马力蒸汽动力绞车。第十二，开滦最早引进并使用了大维式蒸汽水泵。第十三，开滦是全国最早使用安全灯的煤矿。第十四，中国近代最大的火力发电厂诞生于开滦。第十五，中国第一台电力绞车——75马力电力绞车使用在开滦。第十六，中国北方第一个产业工人党支部建立于开滦。第十七，近代中国煤矿最大的机械修理厂建立于开滦。第十八，中国第一座洗煤厂建立于开滦。第十九，中国第一座水力采煤矿井——吕家坨矿建成于开滦。第二十，中国第一个煤炭码头——秦皇岛港由开滦建成。第二十一，中国第一支自营船队由开滦组建。第二十二，开滦在全国率先使用金属摩擦支柱作为支护方式。第二十三，开滦在全国煤矿率先推行高档机械化采煤。第二十四，全国煤矿第一个自办林场诞生于开滦。第二十五，开滦是全国煤矿第一个降尘达标单位。第二十六，开滦在全国率先实现安全质量标准化作业。第二十七，开滦是全国第一个全矿井正规循环作业企业。第二十八，中国第一座自行勘察设计施工建成的现代化矿井——范各庄矿诞生于开滦。第二十九，开滦是全国煤矿率先实施井下开采的企业。南湖是因开滦工业文明而起，因生态修复而兴的标志性符号，怎么能够与开滦割裂开来而遗世独立？讲南湖必谈南湖的过去，这是文脉所系、传承所在。坊间有"室内看开滦，室外看南湖"的说法，有"工业遗存看开滦，生态修复看南湖"的比较，有"历史文物看开滦，文明成果看南湖"的形容，通过南湖了解唐山，总也离不开开滦。

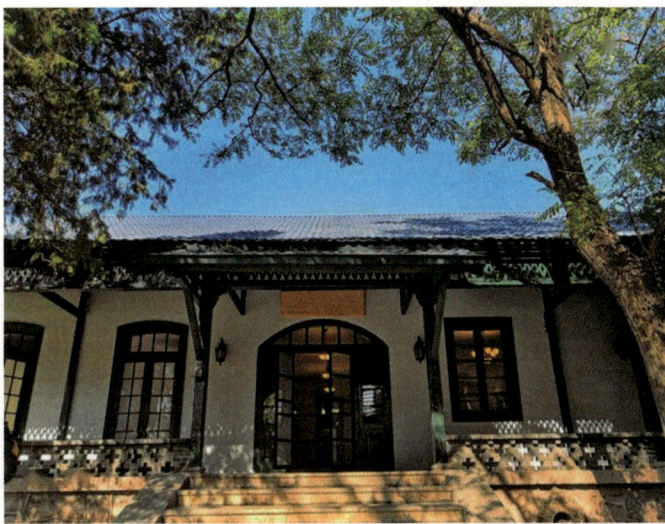

金达记忆馆（原开滦29号洋房）

从景区升级的角度看，南湖旅游景区过去是4A级景区，要升级为5A级景区，缺的是厚重的历史文化，而与开滦景区"联姻"，正好可以补上这一短板。可以说南湖与开滦"联姻"奠定了景区升级的基础，开滦与南湖合作传播了开滦的美名。

从景区营销的角度看，以前南湖景区只有皮影乐园、热带植物风情馆、唐山园和云凤岛的演出及湖畔里几个经营业态收费，偌大的园区运营费用不菲。文旅集团在市场营销上具有得天独厚的优势，而开滦有着不可替代的地域优势和历史优势。从2021年5月1日开始二者"联姻"，文旅集团当年支付给开滦国家矿山公园500万元人民币，买断了年度营销权，意在把南湖和开滦的资源整合在一起，达到双赢的目标。

需要补充的是，从2023年4月1日起，皮影乐园、植物风情馆、唐山园和云凤岛的演出全面免费。在本书成书前，南湖·开滦旅游景区升级为5A级景区的评审和考核已经完成，并已通过了评审。

# 世园会景观择要

　　景观是人类活动与自然环境交织的产物，具有一定的历史和文化背景，往往与特定的地理位置和社会背景紧密相关。景观设计项目是围绕主题出现的，南湖的景观设计既要突出生态治理成果，又要突出世园会主题，彰显各个国家和地区的园林建筑、园艺风格和园林文化，宏观上博大，微观中精深。

# 南湖造景奥妙

　　南湖景区总面积5.4平方千米，其中桃花潭和龙泉湾的水域面积大约占了1.44平方千米，可利用的土地面积少得可怜。在如此狭窄逼仄的陆地空间，怎样幻化出湖光微波、山色悠远的瑰丽景色呢？我国传统的哲学智慧和景观风水所遵循的原则能够回答这一问题。自汉武帝开始，历代皇帝都喜欢把自己的居住地建成蓬莱仙境的琼楼玉宇，例如北京的北海公园就是按照这个思路进行建造的。而一池三山的大水面格局早在秦汉时期就注入了中国园林血脉，也构筑了南湖景区缥缈奇幻的蓝图，南湖的大面积水域是太液池，凤凰台、龙山和龟石山依次对应了蓬莱、瀛洲和方丈三座仙山。

　　"道法自然，顺其自然，自然而然"是老子哲学的重要思想。道法自然，是要遵循自然规律。唐山南湖要举办世界园艺博览会，顾名思义园艺要唱主角。然而，南湖景区桃花潭和龙泉湾两个湖面的水域面积只占总面积的近三分之一，需要大费周章螺蛳壳里做道场。于是占地55.45公顷，拥有

荷花蒲前棋盘阵（王哲拍摄）

3000多种陆地植物、1000多种温室植物，能够展示丰富多彩植物元素的植物园就顺势落地于此。不仅节约了异地建园的成本，而且极大丰富了南湖景观，成为南湖能够成功举办世园会的平台性支撑。尽管南湖植物园和南湖世园会隶属于不同的行政单位，造园的客观效果却浑然天成，融为一体。南湖依原来的地势，体积大的堆积物就地堆山，体积小的堆积物集中造岛，五十几个塌陷坑则删繁就简，最终形成了南湖"九湖五岛三山"的格局。这种依据地形地貌巧妙进行人工改造的方法，抓住了景观建设的本质和规律，也彰显出科学的态度，同时极大地降低了造园成本。

　　中国画的布局讲究疏密有致、浓淡相宜，以此产生微妙的富有变化的意境。疏讲求

疏秀空灵，意境深远；密讲求密而不闷，满而不溢。南湖的疏，重点体现在丹凤朝阳雕塑广场、服务区广场以及一些疏林浅草上；南湖的密，重点体现在凤凰台、龙山和龟石山三座山中。而浓淡相宜，只需笼统地看南湖景区的湖光山色两相宜便可知晓。在不同季节，诸山与湖水各自呈出现色彩斑斓的美，凤凰台始终以绿为主色调，龟石山的秋天以红为主基调，龙山应季以五彩缤纷为主旋律，湖水在非结冰期一向碧色盎然，而两座广场恰似画面当中的留白，耐人寻味。

圆在中国传统文化中具有重要意义，代表着团结、和谐、循环、圆满和延伸。南湖的圆无处不在：山的轮廓是圆丘，岛和湖的外沿是圆弧，路的延伸是圆环。如果将南湖看成一幅竖版中国山水画，聪明的读者一定会发现：桃花潭和龙泉湾联系起来极像侧卧的阿拉伯数字

龙山圆形路网

8。我们知道，在数学中8代表着无限延伸、无限大，是宇宙调和统一的标志，世俗的观点认为，8是更新、重生或祈福的象征。

龙为阳，凤为阴。而唐山兴起于中国近代工业革命的崛起时期，有人称之为"龙兴"。说唐山是座凤凰城，应该没有人提出反对意见。凤凰作为精神图腾已经深深地镌刻在了每个唐山人的脑海中。联想到龙山和凤凰台、龙山和丹凤朝阳雕塑寓意为"龙凤呈祥"。这四处景观当中，龙山总高86.3米，丹凤朝阳雕塑70米；龙山阁坐北朝南，凤凰亭坐西朝东，位置和朝向不同，这些似乎蕴含着某种阴阳调和的意味。

景观风水的十大原则可以作为南湖景观的理论印证。如整体系统原则、依山傍水原则、适中居中原则、因地制宜原则、观形察势原则、坐北朝南原则、改造风水原则等。游客在游玩过程中细细品味南湖，从任何一个角度欣赏都能看到这些造景原则的鲜明烙

印。水是景观的灵魂，是财、是气、是势，在中国山水画中水是不能流到画外的，需要聚，不能泄。即使水的流向需要流向画外，也多用云雾等方法代替和遮掩。南湖景区的桃花潭和龙泉湾，从空中看、从外缘看、从内部看，水是没有外流通道的。深谙此道的设计者当然不能让两个湖的湖水静止不动，为了大、小南湖湖水互通和生物洄游，他们在不起眼的国际园路西侧修建了一条长满菖蒲和芦苇的水道，让湖水在人们不经意当中，在人们不留意的地方流走和进入，循环往复运动，巧妙妥善地解决了这个问题。

南湖的造景理念，师出中国画的意趣天然，山光水色、月影花香，点点滴滴都体现出中国传统文化的精髓。

# 世园会造景集成

一般的游客进入南湖园区，首先必然被恢宏的山、阔大的湖、高耸的雕塑、飞架的桥、独特的植物风情馆等景色和建筑物吸引了眼球，可能很少会去仔细研磨南湖的造景艺术。这种现象从视觉来讲叫先声夺人，从美学、心理学角度来看叫前摄抑制。

客观地就事论事，南湖造园大概率依照地貌因势利导，顺其自然，自然而成。概括起来，可综合为堆山、理水、植绿、置路及留白。

首谈堆山。龙山原有地质是由粉煤灰和煤矸石堆积而成，龟石山是城市垃圾堆成的小山丘，凤凰台原本是座垃圾山。龙山和龟石山覆上了客土，工程相对简单些。在山的形状塑造上，建设者们在龙山上下的功夫最大，整理出了龙阁为龙首、龙阁以南为龙身和园区南部与东西向环龙山路的附岭为龙尾的形状。但有人曾发出疑问：并不能明显看出龙山的龙形。在此，笔者有必要提示一句，把龙山南部的附岭和整个龙山作为一个整体看，就能够看出气势磅礴的龙形轮廓来了。凤凰台的处理则比较复杂，前面章节有较为详细的阐述。

再说理水。大小南湖的水主要是由青龙湖水、唐山矿排出的矿井水和环城水系、陡河河水等汇聚而成，水量充沛。龙山和江南园的理水尤其用心巧妙，多用叠水和跌水，也最可体现出设计者们的精妙构思。山石上分层连续呈台阶状纵向流出三叠到五叠的水为叠水，又称叠泉。在相同状态中，具有横向铺陈过程的水为跌水，而叠水和跌水融合在一起，会让水景层次更加丰富，读者可亲自观赏品味。

三议植绿。南湖的绿化有目共睹，有前文说明，此处无需赘言。

杭州园曲径通幽

四论置路。园区内的路一般为环湖路或绕山绕岛路，弯弯曲曲，没有一条路呈直线走向，从高处看，婉若游龙，行走其上，犹如走在巨龙背脊。就连上下龙山和凤凰台的路径也全部设计得蜿蜒曲折，这是为了让游人行走其间，尽可观赏景观层次的丰富变化，达到移步换景、减少视觉疲劳的效果。也让景观中丰富多彩的绿植、五花八门的用材、细微处的用心尽可能全面地呈现在游人眼中。后期新建的超级步道，不仅仅是链接通道，还是一道美不胜收的风景。

五论留白。丹凤朝阳广场、各服务区广场、应急避难场所和较大面积的建筑景观前的开阔地和疏林浅草，就像铺陈在南湖这块巨大画布上的留白，不仅让这幅画浓淡相宜，而且兼具了实用功能。

从大处欣赏南湖造景手笔的同时，不得不提中国古典园林造景艺术在南湖细微处的应用。

其一是藏景。龙山的"龙源"以中国园林的堆石手法，结合龙文化图腾石刻，表现出龙源胜境。龙源为花溪水的水源源头，通过假山石、水帘洞的巧妙堆叠设计，将水源出口隐藏起来，给人一种"只在此山中，水源不知处"和"山有多高，水有多长"的神秘感。

其二为框景。这种造园手法在江南园反映比较明显，即在廊道上开窗，窗起到把景色框起来的作用，透过窗户可以观赏外面或里面的景色，引起游人一探究竟的好奇心。

其三是障景。是一种在游览路线或观赏景点上设置照壁、山石或花木挡住游客视线，从而引导游客改变游览方向的造园手法。让人绕

苏州园框景

过所障之景，对赫然呈现在眼前的新景感到别有洞天的美学享受，所谓"山重水复疑无路，柳暗花明又一村"，如穗园的照壁。

其四乃借景。是古典园林建筑中常用的构景手段之一。指在视力所及的范围内，将好的景色不完全地组织到园林视线中的手法。燕赵大观被一个月亮门、两段矮墙和一段大栅栏围住，视线从外面越过这些障眼景物，仅能看到邯郸园中斗拱挑檐而出的"怀远亭"亭顶，即为借景。借景既有近借，又有远借。比如张大千先生在台北的最后居所"摩耶精舍"就大量采用了借景这种造景艺术。

南湖中，还有掩景等许多种造景艺术手段，不一而足。

以上，可说是中国传统园林文化在南湖的当代展示。

# 石头在景观中的妙用

我们在游览南湖时，往往对看似散乱摆放在路边草坪上的景观石熟视无睹，不加留意，其实，这些滦河石、房山石和少部分泰山石、页岩石在景观中的作用可大了。首先，在草坪上摆放景观石能够增加景观的层次感，公园作为一个开放的空间，往往是草坪和树木的组合，草坪上摆放景观石，可以在这种平坦的环境中制造出高低、起伏的地形。其次，草坪摆放景观石，可以形成多样的景观，如石头花坛、石头假山、石头制造的瀑布，如龙山南部的花溪以及石头雕塑等，以增加公园的美感，使公园更具观赏性。石头可以架桥铺路，可以制作成植物园中简单介绍植物的石书，石头还可以分割景观或路径，使游览路线更加清晰，石头铺装的鹅卵石甬路可以在下雨天不湿江南女子的绣花鞋，石质的诗词碑林能够让景观散发出浓浓的人文气息，"瘦、漏、皱、透"的灵璧石可以衬托出江南园的雅致清新，铺垫在树底、树箱中的黑色的、白色的鹅卵石虽然遮掩了绝对真实的原始，但也同样透露出不加修饰的古朴和自然。龙山上的排水横沟里，为了方便游人跨越，热心的南湖人也会摆放一两块石头，既可以作为桥，也可以作为垫脚石，让夕阳红们走路时感到温馨又从容，就连石头也被装进石笼作为龙泉湾北部的石笼墙，装饰的一片碧绿。石头，在这里不是疯狂的石头，而是既和竹一样是雅物，又兼具实用功能的存在。听我这么一聊，您不会轻慢南湖石了吧！

# 燕赵大观纵览

山水林田湖海于一体，构成了中国境内地形地貌最完整的省份——河北，拥有3500余年悠久历史的燕赵大地逐渐形成了形散而神不散的独特人文底蕴。世园会中的河北园尤其值得大书特书一番。欣赏河北园，孤立观景略显狭隘，需要以小见大跳脱出来，宏观去看、系统玩味才更有味道。

占地近两万平方米的河北园，将河北的蔚为大观浓缩其中，笔者斗胆归结该园发扬光大了燕赵大地十大类文化。市井之人，岁风润物，浅薄粗鄙，博君一笑，若能一思，不胜欣喜。

皇家园林文化。为了便于每年前往坝上草原木兰秋狝，清王朝统治者在京城与坝上的道路中修建了数座行宫，其中在承德建造的行宫最为有名，即避暑山庄，又称承德离宫、热河行宫。避暑山庄是皇家园林文化在河北的最高范例，属世界文化遗产、5A级景区、中国四大名园之一，1961年被国务院批准为第一批全国重点文物保护单位，1994年被列入《世界遗产名录》。

皇家陵寝文化。河北自古乃京畿重地，境内坐落着清西陵、清东陵两大皇家陵寝。清西陵建筑技艺精湛、文物品类齐全，在皇家陵寝建筑中绝无仅有，其中的泰陵是清西陵中建筑最早、布局与形制最符合中国风水观、规模最大、功能最完备的帝陵。清东陵为国家5A级旅游景区，是中国现存帝王陵寝建筑群中规模最大、体系最完整的建筑群。

河北园正门（孟顺生拍摄）

宏伟长城文化。万里长城雄伟壮观，见证了华夏悠悠岁月，河北境内长城达2000多千米，穿越千年，绵延山海之间。其中精华地段20余处，大小关隘200多处，是万里长城保存最为完整、最具代表性的区段，分布在秦皇岛、唐山、张家口、承德4市。

开放海洋文化。河北的临海城市有三，大陆海岸线长487千米，岛岸线长178千米，有岛屿132个，海岸带总面积11379.88平方千米，全省海岸线长度居全国第九位。河北省沿海地区是我国环渤海重要经济增长区，与辽宁沿海经济带、天津滨海新区、黄河三角洲生态经济区共同构成环渤海经济圈的重点开发区，在促进全国区域协调发展中具有重要战略地位。

唐山园主题"转型"

精美建筑文化。在皇家建筑和民居之外，坐落在井陉县苍岩山上的桥楼殿也值得一提。此建筑基础为单孔石桥，形制如赵州桥的敞肩拱式，飞架于百仞峭壁间，仰视蓝天一线，俯视万丈深渊。桥上建楼，云飞楼动；楼内建殿，内供三尊大佛。千丈虹桥望入微，天光云彩共楼飞，为中国三大悬空寺之一。怎么建起来的？仁者智者，众说纷纭，至今未有定论。

传统历史文化。河北古称冀州，是最近大热电影《封神》（第一部）中发誓永不朝商的冀州苏氏的故乡，历史悠久，文化璀璨，历史文化名城和历史建筑众多。中国许多历史典故、成语故事均发生在河北，出自河北，《梁山伯与祝英台》的创作地封龙书院坐落在河北，廊坊的书法、沧州的武术、吴桥的杂技中外驰名。

民间非遗文化。评剧、皮影、乐亭大鼓统称为"冀东三枝花"；保定的"易水砚"是中国"四大名砚"之一；衡水的内画鼻烟壶是中国独存的民间工艺，因其"寸幅之地具千里之势"被列入第一批国家级非物质文化遗产；侯店毛笔曾被奉为御用之品，誉满天下。

璀璨工业文化。中国第一座西法开采的煤矿、第一条标准轨铁路、第一桶水泥、第一种卫生陶瓷洁具等均诞生于河北。现代中国的高速铁路列车、新能源制品同样诞生在燕赵大地。

独特荷莲文化。上天惠赐河北丰沛的水域，白洋淀、衡水湖、易水湖、子牙河、滹沱河、陡河、还乡河等水系发达。孙梨的《荷花淀》更是开创了一个新的文学流派。白洋淀的荷、莲因彰显高洁的品质被各地引种，南湖的荷、莲均来自于此。

辉煌红色文化。开滦煤矿的矿工组建了中国北方最早的党支部，伟人在《中国社会各阶级的分析》中赞扬开滦矿工"他们特别能战斗"。在中国革命和建设的各个历史阶段，唐山的各级党组织都发挥了重要作用，做出了重大贡献。

# 皇家园探秘

中国有着悠久的历史文化，皇家园林成了唐山世园会一个重要的主题，世园会会址中西安、沈阳、北京三个城市展区主要选取了三座不同历史时期的微缩皇家园林组成。

西安园的设计主题"古城西安"，撷取古都西安的代表性人文符号——古城墙和丝绸之路，以城墙、丝路驼队石雕为表现形式，园区中心区域建有沉香亭，展现盛唐时期古典皇家园林风格，并采用华山松和寓意国色天香的牡丹等四季交替变化的植物形成特色花廊，通过对景、借景、点景的设计手法，展现西安的都市文化特征。原始设计曾拟将阿房宫也复原浓缩到景区中，但限于区区500

西安园丝绸之路驼队

平方米的展园面积，阿房宫结构复杂，建设成本较高，历史符号、都市文化特征都拥挤在狭小的空间略显凌乱，因而删繁就简形成了现在的布局。

沈阳园的设计主题是"一赋一池树"，题材由乾隆至沈阳祭祖时创作的《盛京赋》引申而来。满族是渔猎民族，与农耕民族不同，并未形成深厚的人文底蕴，历史上清历任统治者一直积极推动本民族与强大的汉文化融合、同化。为了避免沈阳故宫在复

制后与其他几大王朝宫殿相比相形见绌、分辨不清，故在沈阳园区中心位置设立了八旗耀武广场，并在园区北侧入口放置了皇权的象征物——玉玺象形小品，既体现了沈阳皇家园林的满族特色，又彰显了汉文化内涵。

北京园当仁不让最能体现皇家园林气派。主景观京华亭北面建有

沈阳园玉玺石雕

长廊，供游人享休憩之便的同时，可自然而然联想起颐和园的长廊；东面由江南园来北京园，必经一座"平步青云桥"，江南出才子，考取功名者众，此设计很是意味深长。

在中国几千年漫长的封建历史时期，帝王一直是君临天下、至高无上、拥有绝对权威的人。维护统治者的威严必然渗透到所有皇家政治仪典、起居规则的生活环境之中，亦顺理成章形成了有别于其他园林类型的皇家园林，北京园皇家园林特点，可从以下几方面概括。

一是规模宏大。皇帝利用政治特权和雄厚财力，往往占据大片土地来建造园林供自己享用，所以从形制规模上来说，皇家园林是其他任何园林都无法媲美的。世园会会址建设中的北京园，占地面积1500平方米，是所有城市展园中面积最大的。二是中规中矩。北京园的设计主题为"琼岛胜境"，正南正北。核心景观"京华亭"仿北海公园"龙泽亭"，按1：1比例还原，顶部分为两层，上半部为圆形，下半部为方形，寓意"天圆地方"，与南边主入口的"思泽坊"和北侧入口的"尚文轩"构成一条中轴线，充分体现了"中央""上统"的寓意。三是富丽堂皇。以京华亭为例，亭身绘有532条立粉金龙，亭内四面悬挂牌匾，东为春银、北为叠翠、南为晓月、西为烟树。四匾体现了园林景观春夏秋冬的四季变化，既彰显尊贵，又寓意明显。四是突显王气。皇家建筑、皇家园林的主景观一般四周空旷，登入殿堂、厅堂或亭堂均须俯身折腰，皇家威严扑面而来。京华亭也遵循了上述设计理念，周遭建有九级台阶，而北侧的园林园艺稍稍冲淡了压抑之感。

北京园

76

# 江南园揭秘

世园会会址上建设的诸多国内园中，私家园林特色最为突出的就是江南园。在江南园矮小的黛瓦粉墙上，彩绘着一首白居易的《忆江南》："江南好，风景旧曾谙。日出江花红胜火，春来江水绿如蓝。能不忆江南？"江南人杰地灵、山清水秀，以美丽富饶的水乡景象闻名于世。而最具代表性的城市名片，一定少不了江南园林和私家园林的集大成者——苏州园林。苏州素有"园林之城"的美誉，其私家园林始建于公元6世纪，清末城内外共有园林170处，现存50多处。从1997年至2000年，苏州古典园林中的杰出代表拙政园、网师园、留园、环秀山庄、狮子林、沧浪亭等被列入世界文化遗产名录，是中华园林文化的翘楚和骄傲。

唐山世园会江南园以苏州拙政园和网师园为蓝本打造，以荷风四面亭、远香堂、竹外一枝轩等景观进行集中展示。私家园林有四大特点，建成后的江南园如是：规模普遍较小，建造手法上往往以小见大，曲径通幽，讲究"咫尺之内再造乾坤"；以水面为中心，建筑散布四周；以修身养性、闲适自娱为主要功能；园主多为文人学士，能诗会画，善于品评，园林风格以清高风雅、超凡脱俗为最高追求，充溢着浓郁的书卷气。之后的篇章会对世园会的亭、廊、桥、联等做专篇介绍，此篇单说江南园中竖立的太湖石和地面铺装的鹅卵石。

太湖石是中国园林中最常见的景石，又称"洞庭石"，主要产地在太湖周边的禹期山、鼋山、洞庭山等处。清代刘熙载《艺概》中写道"怪石以丑为美，丑到极处便是美到极处。"在中国园林界，太湖石独领风骚，有"无石不园"之说，可见其文化魅力。太湖石又分为水石和旱石，其中以水石为贵，江南园中所用太湖石均为水石。水石被湖水长年累月浸润，湖波抚摸、湖浪冲撞、暗流侵袭，石体被湖水"雕琢"出一个

江南秀色（孟顺生拍摄）

77

个天然孔穴，且穴洞相连，玲珑秀美，自古以来被众多赏石玩家追捧。江南园太湖石堆叠遵循了"皱、瘦、漏、透"的审美原则，未及入园，东面小径上便有一座精雕细琢的太湖石跌水；进入园中，又是一组千姿百态的太湖石；亭台水榭旁，也零星散布着些许造型别致的太湖石。

我国最早对地面铺装的记载为"吴王梓铺地，西子行则有声"。

江南园独有的鹅卵石地面

宠爱也罢，溺于声色也罢，总归开了有文字记载地面铺装的先河。《园冶·铺地篇》中提及的地面铺装材料就有乱石、鹅子石、瓦片、石板、乱青版石、诸砖等，甚至记录了复杂的装饰铺地纹路，不外乎是文人审美需要或者运用了借景抒情的手法。鹅子石即鹅卵石，江南园中乳鱼亭地面乃鹅卵石所砌，铺装出了一朵盛放的玉兰花。江南雨水丰沛，士绅阶层庭院多采用鹅卵石地面装饰，疏水性和透水性很好，又可拼装成寓意美好的纹样，兼具实用和审美效果。旗袍走秀中，模特大多会撑一把精致的雨伞，可见江南多雨深入人心。多雨的地理环境激发了当地民众的生存智慧，难怪当地多以石板铺装路面，也难怪苏州有"雨天可穿红绣鞋"之说，意为雨天走在石板铺就的小路上也不会湿了女孩子心爱的红绣鞋，大可放心穿着，鹅卵石铺就的地面不也能够达成这个效果吗？

## 岭南园奇观

由植物园南门入园，映入眼帘的是青砖黛瓦的主体建筑和锅耳一样的山墙，此乃典型的岭南传统广府民居的代表——镬耳屋，其墙状似镬耳，形似官帽，叫镬耳墙，又称"观音兜"。

岭南是我国南方五岭以南地区的概称，这五岭由西往东依次是越城岭、都庞岭、萌渚岭、骑田岭、大庾岭，位于江西、湖南、广东、广西四省的交界地带，是一条东北西南走向的山脉，是江南最大的横向构造带山脉，也是长江和珠江两大流域的分水岭。包容性极强又注重创新发展的岭南人民在建造园林时融入了多样元素，最后发展出了带有融合色彩的岭南园林特色，极具代表性的镬耳屋也应运而生。题外话，江西瑞金中华苏维埃共和国大礼堂的建筑形制就具有镬耳屋的一些特征。

镬耳屋的内部格局采用广东民居"三间两廊"的构造，是中国传统"四合院"的延续，"三间"指排成一列的三间房屋，中间为厅堂，两端为居室；"两廊"即天井两侧的房屋，一般用作厨房或门房。山墙基本为黑色，取自五行上用黑色的水来镇南方之火的意象。较为明显受到江南建筑模式影

岭南园镬耳屋

响，使用了西方教堂惯用的彩色花窗，显得格外出挑，又洇染出了西味。其起源尚无定论，传说源于明代一位告老还乡的帝师，后因特殊的历史、地理条件和民俗风情而发生了变化。在建筑外观方面，高窄花窗、镬耳大山墙等特点逐渐突出，到清中叶开始定型。这种高耸的、此起彼伏的山墙形式，通风性能很好，当发生火灾时，还可以阻止火势蔓延和侵入，具备防火墙功能。岭南一带民众注重宗族传统，将光宗耀祖和丰衣足食的希冀具象化，房屋建筑也成为传统文化的载体和平台。镬耳墙象征着官帽的两只耳朵，有"独占鳌头"的意思，史料记载，最早只有取得过功名的人家才有资格享受。到了清代中后期，随着商品经济的发展，这种贵族建筑逐渐平民化，发了财的人都会建造一所镬耳屋来显示其富有与气派。此形制被民间广泛采用，成为岭南建筑中独具特色的山墙造型。岭南园镬耳屋把岭南的包容文化表现得淋漓尽致，同时营造出"梦里故乡何处寻，唯有岭南一家亲"的园林意境。

# 西部风情探索

在选择世园会西部园城市展示过程中，建设者们可谓煞费苦心。西北，戈壁荒漠居多，莫高窟等古代人文艺术瑰宝难以全面复刻；西南，崇山峻岭遍布，在平原上难以表达。即使能概括出部分经典元素，但受限于技术、场地等条件不充分，或举步维艰，或无以为继。因此，西部园中仅用大写意手法，浓墨重彩，夺人眼球，设置了带有浓郁西部地区色彩的符号性景观，让游人一望便知，如代表草原文化的蒙古包形马兰花亭、表现巴蜀胜景的夔门峡景等元素，其中最令游客流连忘返回味无穷的乃复刻的重庆特色民居——吊脚楼。

重庆位于四川盆地东部边缘，气候冬暖夏热，温润多阴，雨热同季，在春夏交汇之际夜雨颇多。唐代诗人李商隐的《夜雨寄北》："君问归期未有期，巴山夜雨涨秋池。何当共剪西窗烛，却话巴山夜雨时。"描述了他对妻子的深切思念之情，也展示了"巴山夜雨"这种气候特征。重庆位列中国"三大火炉"之一，气候潮湿闷热。改革开放后，谢晋导演的电影《巴山夜雨》多采用湿漉漉的画面表现凝重压抑的气氛，也艺术地印证了山城的独特气候，在宁浩导演的《疯狂的石头》中也多有表现。

顾名思义，重庆又称为"山城"，遍地是山，地无三尺平，铺路、修桥、建房的工程造价是内地的2～4倍，大量资金耗费在劈山、凿洞和物料运输上。为了解决这些问题，聪明的巴渝山区农民早期因地制宜利用木条和竹方，悬虚构屋，建造了透气性良好的吊脚楼。吊脚楼优点诸多，悬于地面利于通风、干燥，还能防范毒蛇、野兽，底间放置杂物，节省土地等，不一而足。有意思的是，为

重庆吊脚楼（孟顺生拍摄）

了节约用地，也为了最大限度用地，吊脚楼大多依山而建，山势越往上，楼体坡度越往后退，越到上层，吊脚楼的空间反而越大，呈上大下小的形制，此种形制的传统建筑在云、贵、川等多山省份尤为常见。传统的吊脚

重庆园长廊

楼是木结构的，以当地的木材、竹子为建筑材料，墙体材料多采用竹篱或木篱夹泥，外面敷上泥巴，很少使用砖石，屋顶则采用小青瓦，这样建筑可以减轻建筑总质量，减少吊脚楼的承重压力。而世园会会址建设的吊脚楼，竹、木板改用了石板，囿于地理条件限制，缺乏山坡作为依托和承重，只能直上直下建成了上大下小的模样。

重庆气候潮湿，导致人体内湿气较重，重麻重辣成为重庆人口味的典型特征。辣驱走了寒气，海椒、花椒温气补血，同时还能祛湿。西部园吊脚楼中的"峨眉山月茶楼"，名字来源于唐李白《峨眉山月歌》中"峨眉山月半轮秋"一句，同时这里还引入了口味正宗的重庆火锅——巴适火锅，只是景区内不许有明火，故采用电炉电锅。巴蜀一带人民喜吃茶，为还原这一习俗，世园会吊脚楼上有茶室、东有茶廊，茂林修竹的掩映之中，习习凉风的抚慰之下，约三五好友，饮酒品茗，不失为人生一大乐事。

# 国际园开放性小议

国际园位于世园会西部，南临生态科教园（凤凰台），东临龙泉湾，总用地面积9.11公顷，建设总规模约2.5万平方米，十个国家展园展馆用地约2万平方米，平均每个国家展园展馆依各国的影响力和建筑特色占地约1750平方米到2500平方米不等，总投资3亿多元。

园区以"快乐每一天"为设计主题，营造日常的、多彩的、可参与的、浪漫实用的现代化园林景观，由绿雕型景墙、石笼墙、特色台阶和雕塑、风铃、喷水池等组成系列景观，构成了别具异国情调的滨水休憩空间。沿路依附而建的林下木质栈道蜿蜒其间，给人以"人在林间走，花香伴客游"的美妙感觉。整体形成了"一轴、两廊、三区、多

点"的结构布局。一轴即贯穿南北的亲水主景观轴线；两廊即展馆东西两侧精致的柏油路，组成了联系龙泉湾水域和青龙河水域的两条景观廊道；三区即经两廊划分，利用国际园区域自东向西的三条柏油路，两个或三个展馆分割成三个组团，又通过林内木质或石质小径的步行系统来串联各个组团；多点即每个展园点缀的景观均突出体现了园内各国特色。以各园中的特色植物为例，美国园种植了美国红枫、匈牙利园种植了天竺葵、法国园种植了香根鸢尾、瑞典园种植了铃兰、荷兰园种植了郁金香、韩国园种植了木槿、日本园种植了樱花……园林小品中辨识度最高的是近年来风靡一时的日本"枯山水"。日本是岛国，地少人多，造园置景的空间实在有限，所以日本的园林景观普遍小而精致，且深受中国水墨画和禅宗影响，逐渐形成了别致精巧的造园风格。近年我国许多楼盘的售楼处室外布局的小品就颇受这种风格影响。

　　国际园的开放性不独反映在展现各国的特色上，在投融资方式、入驻园区公司理念、经营业态上也有所体现。政府投资国际园区域相关配套设施之初，引入了民营资本参与其中十个展馆的施工。按照约定，开发建设后所有展馆的地面以上一层均作为文旅集团经营用房，政府在用地等方面提供优惠政策。以投资建造德国馆的方博润公司为例。其最初由建材生意起家，因一贯坚持质量和信誉第一的经营理念，在业内树立了良好的口碑，积累了许多客源。随着规模不断扩大，其不仅在建材市场站稳了脚跟，还组建了自己的建筑安装工程公司。2015年10月，唐山博润建筑安装工程有限公司负责投资的德国馆同国际园另外九个展馆一起破土动工。按照规划，德国馆是一座占地面积991.516平方米、建筑面积2840平方米的四层楼宇，资金投入所费不菲。起初，博润曾对德国馆后世园的回报心存忧虑，在经过几次三番的研讨和缜密思考后，基于长远考虑，还是坚决地进行了投资，并在建成办会后将公司一举搬迁进了德国馆。随着公司的进一

国际园意大利馆

步发展，在2022年延伸了产业链，成立了下属建筑设计院。景区被评为5A级别，在德国馆驻扎了十年之久的博润和至鼎等公司业务发展较快，办公楼中早已座无虚席。公司的员工每日于湖光山色之间工作，推窗可见龙泉湾，抬头远眺龙山阁，满目皆是愉悦惬意！当初转让或撤出国际园的公司也开始审视初时的决策是否存在失误了。

　　世园会举办期间，各国宾客、

国际园德国馆（孟顺生拍摄）

各级领导、各个城市的官员和专业人士对南湖的生态修复兴趣盎然，一般都会到生态科教园（凤凰台）游览一番，而游客们也多被高耸的凤凰台吸引而去。在世园会结束后，随着南湖六号门和游客中心的建设，一般性的旅行团队往往从北侧直奔湖畔里和丹凤朝阳广场区域，鲜有再向南行进到国际园的，使得国际园区域稍显冷清。好在文旅集团敏锐观察到了这一点，陆续在国际园区域引进了一心怀石料理、布达佩斯餐厅、慕尼黑啤酒餐厅等独具各国风情的餐饮。慕尼黑啤酒餐厅理所当然坐落在博润公司投资建设的德国馆。同时，由文旅集团投资建设，唐山永合成文化艺术有限公司负责运营管理的吉咔乐园项目开业后，国际园人气逐渐恢复。这样，与相邻的湖畔里往事咖啡厅、音乐炙轩和甬妈妈餐厅构成了可满足情侣约会、休闲聚会、商务宴请等不同需求的餐饮业态。

## 植物风情馆滥觞

世园会植物风情馆是河北省首个大型热带植物馆，是园区内展示重要植物的主展馆，也是集国际交流、观赏娱乐和亲身体验为一体的科普教育基地。主体由一个118米×125米的大跨度异形曲面薄壳建筑而成，结构设计巧妙地结合了玻璃幕墙分割及曲面起伏形成的天然矢

万象森林

83

高，运用钢结构空间网壳的手法，实现了"矿石结晶体"的设计理念。占地 3.54 公顷，展示植物超过 1000 种，是集建筑学、植物学、生态学、建筑环境工程学、美学为一体的综合项目，更是唐山文化与国际接轨的展示名片。

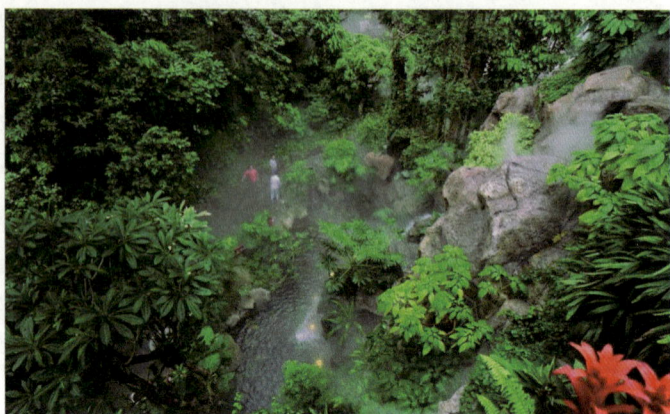
植物风情馆内景

基于项目场地原为采煤塌陷区的特征，设计团队以"矿石的自然切面"为设计启示，将现代的设计理念与现存场地产生关联，对建筑形态进行几何抽象与重塑。将面的衔接、转折和建筑材质对比，结合植物生长特点及观赏需求，为公众提供了一个互动、共生的植物展示空间。建筑周边环境延续建筑外观的折面因素，强调肌理的多维度延展，将原本场地内的高差转化为斜墙、草坡、阶梯、看台和水池等连续而富有变化的设计语言，如同抽象的"山川河流"，激活了园区内的空间。

植物风情馆的建筑布局由五个相对独立的展示空间和一个共享中庭构成。展示空间涵盖热带雨林、沙漠植被、佛教植物、四季花卉、兰科植物等典型景观区。展区设有满足不同植物所需适应条件的环境控制系统，针对植物生长环境和展示情况进行监控和调节，确保植物的原生环境。因迎合唐山世园会提倡的"都市与自然·凤凰涅槃"主题，场馆内设置了一处垂直农场示范区，展示了采煤沉降地土质问题的解决方案和未来农业的发展方向。

要维持植物风情馆的运行，需要巨额的资金支持。一是植物的采集、运输耗资巨大。馆内的名树异卉，绝大部分产于西北、西南、广东、福建、海南等地，许多绿植需要培土采集和运输，有的树冠高大，一辆平板车运送不了几棵，且长途运输还需随车养护，为确保成活所需成本极高。二是为满足不同植物、树种适宜的生长条件，订制的各种专业温度、湿度调控设备花费不菲，设备24小时不停运转更是"吞电巨兽"，况且还需要安装配套的供电、变电设备。三是唐山本土虽不缺少农艺师、园艺师，但是本土技术人员一般接触不到这些来自异地的珍贵花木，往往理论强于实践，因此不得不高薪聘请植物产地园艺师来馆打理。

所有这些，一般城市财政难堪重担，植物风情馆由唐山植物园负责建设，建成后移交给了南湖景区负责运营和管理。原来植物风情馆是园区内仅有的三处收费项目之一，2023年始，市政府决定向所有游客免费开放。

# 南湖光影水舞秀

2016年9月4日晚上，国家领导人主持完晚宴后，陪同参加G20峰会的20国国家首脑和政府官员移步西湖，观赏大型水上表演音乐会。电视机前的观众朋友们对其中如梦如幻的光影水舞一定留有深刻的印象。南湖光影水舞秀正是杭州西湖G20峰会光影水舞秀团队的又一杰作，从设计、制作到安装都由原制作班底完成。

南湖的光影水舞秀以"梦幻之光"为主题，以大型喷泉水秀为主，兼有多种造景要素，总控制室设在湖畔入口的东北侧，该入口自然也成为观看光影水舞秀的最佳捷径。在夏日的夜晚，凉风习习，灯火阑珊，南湖一如既往地游人如织，车水马龙。晚八时前，大部分人都要涌向中轴线广场的南侧观景平

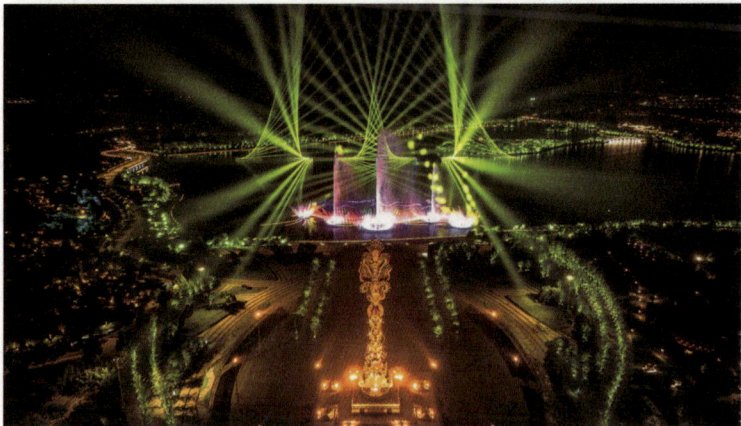

光影水舞秀航拍

台，静待喷泉涌出的激动时刻。一些网红也早早准备停当，前来这里打卡拍摄。

喷泉水型平面布置造型为长条形，布置长度约220米，宽度约22米到35米，最近点离湖岸约68米，造型面与广场中轴线大体垂直。喷泉中最引人注目、最具震撼力的是210米的东方第一高喷。它位于组合喷泉之后，尽管距离观景平台约136米，但是高喷运行时，被风吹落的水花飞溅至观众席，也会引得岸边人群阵阵惊呼。

在组合喷泉两端的前侧湖中，各修建了一座"梦幻之光"景观塔。塔高12米，钢架结构，四棱锥造型。每座景观塔顶部的四面都装有"凤凰"标志，象征着吉祥如意。由于此塔坐落于水中，鲜少有人登塔，且湖面宽阔，观景台与湖面高差较大，两塔相距较远，所以景观塔在观感上并不突出，容易被人忽略。

喷泉景观水型丰富、变化多样、技术先进、形态优美。表演编排艺术性高，观赏

性强。音乐曲目经过精心挑选，多为《爱我中华》《红旗颂》之类的主旋律歌曲，随水型变化或欢快激越，或舒缓深沉，给人以极高的艺术享受。喷泉景观中点缀了艺术喷火，意在为游客打造新颖奇特的感受，为喷泉表演锦上添花。

安装音乐喷泉设备现场

水幕投影和激光表演系统建在湖中，位于喷泉造型西南侧，可放映水幕电影，表演激光二维、三维效果，即激光可投射于水幕、喷泉和空中，表现激光平面图文效果和空中光效果，使人物、奔马或凤凰出入画面时好似腾空而起飞向天空或从天而降，给人一种身临其境、如梦似幻的感觉。

环幕投影位于喷泉造型北侧的水舞台上，特制球幕直径8米，安装于露出水面一定高度的硬质平台上，水姿、音乐、色彩和观感能有机融合，随着音乐节奏的变化，展现出一幅幅美妙绝伦的画面，令观众有身临其境之感。观赏"梦幻之光"光影水舞秀已经成为夜游南湖的一项重要内容。

2022年对作为展示唐山形象窗口的光影水舞秀进行了整体提升改造，在不改变现有喷泉体系的基础上，增加喷火雾效、远景光束灯和激光以及扩大原有水幕电影表演规格，同步配套增加具有鲜明唐山地方特色的文化视频脉幕，实现了光影水舞秀的再次提档升级。

王瑞林先生曾吟咏七律一首赞美此景：
夜降南湖奇幻生，万人齐聚凤城空。
初惊炫美华光影，又醉妙绝仙乐声。
更喜喷泉呈异彩，难得看客动真情。
若将此景留恒之，不要婵娟不要星。

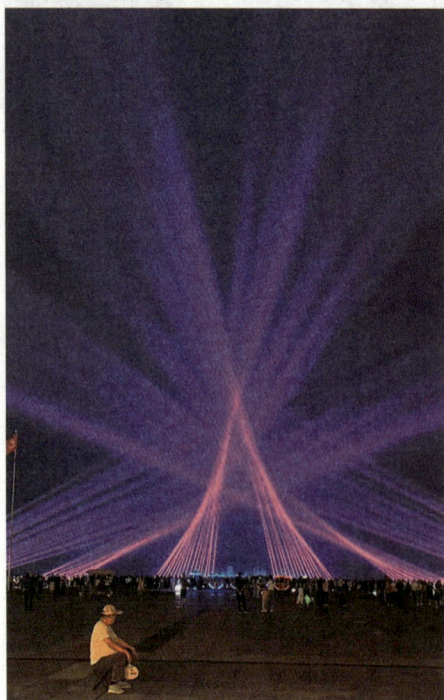

老叟观影（贾丽娟拍摄）

# 桃花潭水深千尺

桃花潭是由二十世纪五六十年代开滦唐山矿地下开采活动形成的采煤塌陷坑改建而来。2009年5月1日开园，整个区域是南湖生态治理最早的地方，成为唐山城市中央公园。桃花潭最初是独立存在的，后南湖经过大规模生态修复和建设，尤其是2016年唐山世园会举办，它才被吸纳为南湖旅游景区的一部分。

自建设路进入桃花潭门，右手边是"莲叶何田田"的荷花浦，设有亲水赏花的观荷栈道。荷花浦湖岸错落有致，湖面开阔，水韵迷人，荷香醉人，绽放的荷花几乎占了水域面积的三分之一，形成了夏日里一道亮丽独特的风景。夏日的傍晚，暑气渐消，游人徘徊其间，时有香气吹来，云藻随波流转，叶底游鱼动影，好不惬意。

曲栈清荷

沿路继续前行，会看到位于右侧的唐山市文旅集团的办公地。文旅集团的前身按时间先后顺序分别是唐山南湖城市中央公园管理处、负责2016年唐山世园会建设和开发的南湖管委会及后期组建的唐山南湖世园发展有限公司。唐山市整合全域旅游资源，集中发展文旅产业，原有的业务部门一部分升格为唐山市文旅集团，隶属于唐山市国资委管辖，专门负责全市文旅产业的发展；一部分则组建成南湖世园投资发展有限公司，负责南湖区域中小南湖（世园会址）的运行和管理。

文旅集团办公地点的南边是龟石山。龟石山因远望形似巨龟而得名，也寓"福禄寿喜"之意，是广大市民健身休闲的好去处。此山原是唐山市城市垃圾填埋物堆积场，主要采用覆土绿化的方式进行生态治理。由于龟石山不高，土层浅、土质差，山上的绿化以火炬树为主。在维多利亚时代（1837—1901）火炬木的花语是"我将于巨变中生还", 后来引申寓意为"浴火重生", 这与城市乃至南湖精神高度契合。火炬树的根系较浅, 主要分布在20厘米以上的土层, 适应能力、繁殖能力强, 喜光、耐荫, 喜砂质湿润土壤, 因龟石山紧邻南面的桃花潭, 该树种以此汲取水分。火炬树的枝干含水量高, 油脂少, 不易被燃烧, 成为造林护坡、固沙保种的先锋树种, 还具有吸附大气中浮尘及有害物质的特性。其果穗多而大, 有红色刺毛, 紧密聚生成火炬状, 故称"火炬树"。秋季叶色转红, 远远望去, 层林尽染, 夕阳照耀, 红胜于火。

转过龟石山, 继续南行, 桃花潭阔大平静的湖面即刻呈现在眼前, 让人豁然开朗。沿木质绕湖亲水栈道游湖, 绿树掩映间可见高端住宅区和欧式风格明显的铂尔曼酒店。行至半途, 有寂静小径通往南湖十六景观之一的湖中岛——朝晖岛。在这里, 人们可以迎来南湖清晨的第一缕阳光, 凝神静听鸟雀欢唱, 看云卷云舒水波荡漾。朝晖岛不同于湖畔里, 此处更为私密幽静, 是个暂避市井喧嚣的好去处。午后想找个地方小坐, 可以来到位于朝晖岛一侧, 名为湖畔往事咖啡的木顶玻璃屋, 浅斟慢酌唯美浪漫的软饮, 静静品味闲暇时光; 另一侧是享用素斋清食的清欢渡, 自有一派悠然自得的风味。

越过七孔的济众石桥, 映入眼帘的便是唐山人都知晓的"小江南"莲藕雕塑。肥

小江南雕塑

大的凌空莲藕上, 原来依次有三个小童跳跃嬉戏。这一既洋溢着盎然童趣, 又表现人与自然和谐相处的景观, 给每个来此一游的人都留下了深刻的印象。但因某些不文明游客的不断攀爬, 导致最下边的小女孩塑像遭到破坏, 现已得到修复。人们说中轴线广场矗立的"丹凤朝阳"雕塑是南湖的地标性建筑, 此言不谬; 而我说"小江南"雕塑落地更早, 更接地气, 更为亲民, 生活气息更为浓厚, 应该也没有人提出反对意见吧。

自环桃花潭路返回桃花潭门, 沿途一个个景观次第而至。一边"鱼跃柳堤""曲栈清荷""骏森马术俱乐部""鱼龙码头"接踵而来; 一边8000余棵迎宾的轻扬拂柳, 葱葱郁郁的浓绿奔涌而来, 而一泓桃花潭水恰似一颗明珠被这些美景环抱, 微风习习, 好不赏心悦目。

一路走来，仅用时三四十分钟，却跨越了两个世纪的漫长岁月。谁能想到，如今的桃花潭，是昔日开滦采煤塌陷地和城市垃圾场？！

# 皮影乐园童趣盎然

众所周知南湖风景如画，茂密的森林，成片的草坪，宽阔的广场，即便同时有万人进入，也恰似潜入了湘西的十万大山，难觅踪影。湖面泛舟，登山徒步，嬉戏玩耍，观鱼喂鸟，亲近自然，野趣横生。同时南湖也是充满童趣的乐园，现代感十足的皮影乐园，把科学与游戏、玩乐与知识完美融合在一起，让孩子们乃至成年人流连忘返、乐在其中。

各种特色鲜明的大型互动游乐设施吸引了孩子们前来游玩。"旋转皮影"是国内唯一把坐骑和可操控的皮影造型互动结合在一起的游乐设施，让小朋友们在乘坐游乐设备的同时，体验操纵游乐设施的快感。水上乐园突出了互动性，与普通的旱喷广场式深水池乐园截然不同，此处设计的"水岛"和溪水等各色特种地形，以及能够互动的喷雾和水蘑菇、水帘洞等装置，可以让小朋友在由水幻化而出的各式各样造型之间奔跑游戏。"风袋花海"由80多个随风摇曳的风力装置组成，让孩子们一进入场地便可了解风光互补的发电系统如何给人们的生活带来动能；三种分别代表太阳能量、二氧化碳和水分子的颜色各异的小球，在孩子们的参与和玩耍中，通过代表不同元素的传递通道进入不同的集球器，完成了最终的光合作用和水循环。让孩子们在游戏的同时，领悟到低碳、光合作用以及伯努利等原理和机械传动、能量转化、正态分布等科学知识，达到了寓教于乐的目的。

皮影骑乘设备

互动体验区域也创意十足。"梦幻之境"是通过雷达检测技术手段实现的沉浸式多媒体，由17台高清DLP激光投影机墙地融合组成。在这里摸花花开、触叶叶落，游人走过时，地面还会形成一道道优雅的涟漪，带给人们水波流转的无限美感。采用投篮的方式选择正确选项，让孩子们正确认知可回收垃圾、厨余垃圾、不可回收垃圾和有毒垃圾的区别，是对他们脑力、体力和意志力的多重考验。垃圾降解树可以让孩子们了解不同种类的垃圾被降解的年限，让他们从小树立减少使用不易降解的生活材料，形成保护赖以生存的自然环境的环保意识。他们可以脱掉鞋子，在山地造型上尽兴地奔跑和玩耍，或坐在骑乘发电设备上一试，看看产生一度电需要多少时间，传达健身运动和生物能的关系和理念。还可以通过其他游乐形式，了解低碳环保和环境的关系等。"魔幻森林"是孩子们尤为喜爱的区域。一万多平方米的互动体验区，让孩子们实景体验森林从美好家园，到遭遇劫难，再经过人们的共同努力重获新生，暗合了世园会"都市与自然·凤凰涅槃"的主题。

为了推动南湖的夜生活，使夜经济更加繁荣，组织者于2022年7月9日晚开始，在"魔幻森林"启动了"幻野森光·动物园奇妙夜"主题夜游活动，近一千件精美绝伦的公益彩灯，十一处给人不同视觉感受的主题体验点和一万多件精美绝伦的LED变光灯珠，将主题乐园装扮得美轮美奂，美不胜收。当晚首次开园，即有三千多名游客入园领略了唯美灿烂的景象。夜游活动以形态各异的动物为

幻野森光

核心主题，利用彩灯艺术、数字光影、灯光装置以及声光电编程技术打造全沉浸式感官互动体验活动，将整个皮影乐园升级为覆盖全年龄层的夜间游乐场所。

而自2023年起，这一切全部免费。皮影乐园更是在2023年9月南湖举办河北省旅游产业发展大会之际，进行了七大创新改造，新增了文创店、皮影趣玩街、唐山主题音乐剧、皮影兔手作体验馆，升级了儿童友好型服务设施、皮影兔低碳生活体验馆和皮影主题游乐设施，等待各地的游客前来探索。南湖，不光为孩子们，也为所有人提供了舒心、宽松、快乐的生长环境。

# 吉咔乐园新鲜事

2023年5月1日，坐落于南湖云凤岛对面的唐山吉咔乐园卡丁车俱乐部正式对外开放，唐山的萌娃、辣妈、潮爸们又有了新的好去处。此项目由唐山市文旅集团和昱邦集团投资1200余万元精心打造和建设，由唐山永合成文化艺术有限公司负责管理和运营，集现代复古交融、科技手工融汇、工业童趣一体、露营野餐兼备、人与自然和谐相处于一身。

吉咔乐园大门

乐园占地14000平方米，专为3～12岁儿童量身定做，是唐山市唯一一家以积木和卡丁车为主题，集潮玩卡丁车、积木主题体验、户外营地、观景餐厅等项目于一体，蕴含时下最流行元素的功能性儿童乐园。通过各种益智类项目开发儿童的智力，锻炼孩子的动手能力，也让家长们在繁忙的生活中与孩子一起享受快乐的亲子时光，趣味性、互动性极强。

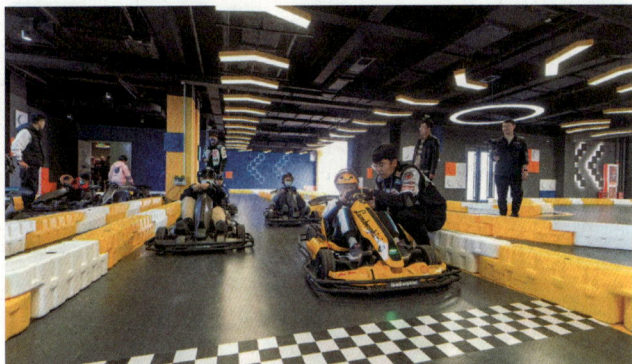

卡丁车赛道

赤、橙、黄、绿、青、蓝、紫七色中，橘黄色最夺人眼球，这也是将其设定为安全色的主要原因。吉咔乐园深谙孩子的心理，大门、滑梯、淘气堡、卡丁车房和餐厅悉数使用鲜艳夺目的橘黄色，在南湖的万绿丛中显得格外醒目，色彩的作用在这里发挥得淋漓尽致。在国际园内路与环湖路交口，城堡上巨大而夸张的卡丁车模型极具视觉冲击力，各个项目建筑的卡通气息和吉咔招牌更是先声夺人，深得孩子的喜爱。

1400平方米室内外卡丁车赛道，让孩子们在老师的辅导下体验速度与激情，也相应带来了激动人心和心潮澎湃的极速感受。运动结束后，教练还会即时播报小车手的成绩，增强孩子们的竞争意识。唐山市最大的玻璃钢滑梯总长13.5米、高7.5米，增强了每个孩子的体验感；层层环绕的攀爬网还令孩子们体味到了攀爬的快乐，上房揭瓦的顽皮，既藐视失败，又不满足于成功，还勇于从头再来。

大部分孩子应该对积木毫不陌生，而在这里玩积木却和以往人们的既有经验大为不同。乐园的积木搭建实践区域足有780平方米，恐怕没有多少家庭和商业机构具备如此宽阔的场地条件。正像一张白纸好画最新最美的图画，宽敞的空间给了孩子们玩耍的广阔天地。俱乐部根据不同年龄孩子的心智发展状况，暖心分

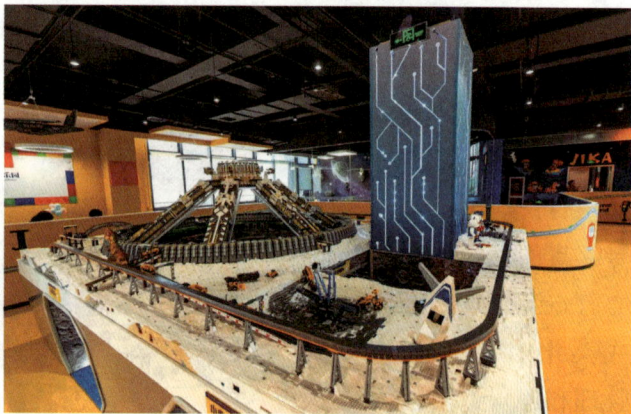
积木搭建实践区域

设了潘多拉之星——玻璃手工屋、拼接淘气堡、窗台文化——人仔天地等不同区域，让孩子们发挥年龄优势，挖掘他们的不同潜力。通过搭建积木，引导孩子发挥想象力和创造力是乐园当仁不让的任务。积木采用了三种拼搭方式，一是由老师讲解10—15分钟的小故事，引导孩子们根据故事情节拼搭积木；二是以实景沙盘作为蓝本，比拟立体书籍等方式引导孩子们动手还原；三是通过展示、比赛等方式，延展孩子们的想象力和创造力，交流彼此的设计和拼接经验，让他们获得创造的满足和快乐，感到意犹未尽、流连忘返。

与孩子们的玩耍内容不同，吉咔乐园辟出专门区域，供辣妈、潮爸们跳皮筋、跳瓦房、踢毽、推圈，即让不同年龄段的人们各取所需，让成年人重拾逝去的岁月和童年的快乐，让复古与现代交织在一起，让乐园成为欢乐的海洋。

孩子们累了，可以躺到浓荫间的吊床上；饿了，可在高高的城堡餐厅中，一边眺望龙泉湾的美景一边用餐，或在草坪上的帐篷里让野餐的美味与南湖的花草香融汇在一起，一直飘到南湖的湖面上，扩散到四面八方。

# 爱情漫道唯美打造

应该说，大、小南湖的所有景观都能够承载和演绎男女情事，都可以生发出许多爱情故事。偌大的园区之中，终归要有一处能够突出永恒的爱情主题，吸引热恋中的男女，于是设计者特意打造了爱情漫道这一主题景观。

设计者在初期进行了大量调查，重点从年龄群流量和消费能力两个维度着手。进园人群40%的年龄段在25岁至35岁，为紧密围绕这一年轻群体的生活、娱乐习惯，特别突出了"年轻、温度、互动、商业"的设计元素。规划以520米"心"形漫道贯穿始终，这条漫道似一枚戒指，寓意爱的起点也是爱的终点。从相遇的那一刻开始，既有不同的风景，又有最美的风景。在实际建造过程中，爱情漫道最终总长度达到了999米，寓意爱意绵绵天长地久。设计初衷以巢+快闪店为理念，利用主题泡泡屋+多场景形式，努力营造活泼、热烈、好玩、新奇的效果；规划了大量拍照场景，推引大热的ins风，颇具梦幻色彩；设计了零售商业模式，主打婚纱、婚恋用品。在爱情漫道面向龙泉湖的南出入口处，通过悬挂的紫藤云幔和金属支架打造出浪漫自然的氛围。用总宽4.3米（内跨3.2米）、柱子边长0.5米、外高3.8米的凤凰羽翼元素通过层叠围架构造支撑柱，紫藤垂挂，百鸟穿林，垂花飘动，游龙戏凤。夜幕降临后，经安装在层叠围架中部的射灯照耀，凤羽柱如凤凰飞过留下的花间足迹，50只铁艺飞鸟在风中摇曳，散发出灵动的光芒。

建成之后，发现与初始设计相差很大。主景观组成是依依我心的爱情漫道，窃窃私语的卿卿堂草庐，关关和鸣的茂林修竹，携手相牵的连理枝长廊，廊桥相会后的石笼鹿头，镌刻着"与君老，山无棱，天地合，乃敢与君绝"的山盟海誓石墙。景区中保留了凤舞追影的紫藤花架，其他都经过了调整，整体氛围变得古典、凝重、深沉。园中为数

爱情漫道（孟顺生拍摄）

紫藤花架

不多能够体现现代气息的是遍布的不锈钢雕塑座椅、现代景区装饰小品，漫道另一个出入口的乳白色拱形支撑架和十几只悬挂的铁艺和平鸽。2019年，这里诞生了一项吉尼斯世界纪录，在15分钟内挑战"最多人参与的单膝跪地接力"，参加的400对情侣中有387对情侣挑战成功，打破了江西抚州311对情侣的纪录，这里成了名副其实的"爱情风向标"。

两种设计，无优无劣，仅风格不同而已。我的理解是，后一种设计可能更多寄寓了对爱情的期许：愿人们的爱情真挚朴实如庐，热烈浪漫如舞，相濡以沫如路，高雅气节如竹，忠贞不渝如石！

年轻人在爱情漫道谈情说爱，有两处集休闲打卡餐饮于一体的好去处。时下，一种新的短途旅游——露营悄然兴起，每逢假期，露营几乎成了朋友圈爆款。爱情漫道旁新增的"且听风营"顺理成章晋级为网红露营打卡点，周末假期约上三两好友小聚，天幕、吊床、野餐，尽情享受在闹市中贴近自然的惬意。临水平台上还

且听风营露营地

有一家湖畔往事音乐炙轩，每晚有驻唱歌手为来客献歌，啤酒、烧烤、火锅任君选择，赏湖景、品美食、伴佳人，好不浓情蜜意。另有湖畔往事咖啡湖畔里店可供大家休憩片刻。

# 景石安装拔丁抽楔

在唐山植物园东门口，耸立着一块20米高的景石。这块景石产自山东省日照市五莲县，选材为五莲花岗岩，总重1970吨，上面镌刻着"唐山植物园"五个大字。如此巨型体量的景石是如何安装在此的呢？

这块景石由六块8.5米×3米×2米、十二块4.25米×3米×2.5米的分体石块组装而成。正面是六块大景石，两块为一层，共六层，吨重依石形上小下大，依次为每块115吨至140吨不等，而人民英雄纪念碑最重的一块碑心石才重130吨而已。十二块小景石放置在背面，四块为一层，共六层，也因石型上小下大，依次为85吨至100吨不等。当若干辆巨型平板汽车把这些分体的花岗岩景石运输到现场，安放问题就摆在了人们的眼前。更何况涉及二次倒运，需要吊车的巨臂伸展开来作业，至少需要方圆40米×40米的空间方可施工。

除了做好作业前大量的、各方面的准备工作之外，安全起见，也为了安装一次性成功，施工方做了科学、周密的计算。同时，绘制了吊车工作性能曲线、出杆长度、作业半径等细节图纸，详细做了测算。考虑到大风、大雾天气对作业的影响，也分别做出预案。

植物园门前景观石

吊车工况采用DE米AGAC500-2全地面起重机，全伸腿，配重160吨，吊车尾部回转半径6.1米，根据景观石部位和就位高度，分别采用14.7米、19.3米、24米、28.6米全臂。根据主臂长度，分别对吊装的工作半径、主臂长度、吊重重量及吊重高度等做出选择。吊钩重量有两种选择：一种是200型吊钩，最大起吊重量177吨，吊钩重2.3吨；一种是160型吊钩，最大起吊重量132吨，吊钩重1.9吨。为保险起见，吊装重量全部按200型吊钩计算。采用6×30钢芯钢丝绳制作的吊索，直径60.5米，最小破断拉力21.5KN，吊索两端套长1.3米，钢丝绳有效长度12.5米，估算总绳长16米，得

爱情漫道海誓山盟石刻

出钢丝绳重16×14.74=236千克。

吊装方法采用兜挂法。原设计拟对正面景观石采用四绳兜挂吊装，背面景观石采用两绳兜挂吊装。后来经过进一步测算，为了安全起见，不论是正面景观石还是背面景观石均采用四绳兜挂方法。为防止随着钢丝绳受力增加与景观石开孔槽处的摩擦导致双向受损，特意将废旧轮胎切割成块，作为吊装石钢丝绳与景观石接触部位的垫块。

整个安装过程说起来简单，实则耗费了许多时日。首先，要制作四根二十米高的钢管立柱作为景石的中心，同时景石中开有孔槽，需有构件将立柱与十八块巨石连接。因这四根立柱太长，导致运输困难，在加工厂要分三段制作。第一层立柱用75吨汽车吊连接就位，耗时三个工作日，六层耗时十八个工作日。现场连接完成后，安装筏板钢筋，并浇筑混凝土，待二十八个工作日养护期结束，开始吊装景石及其余结构。

景石上"唐山植物园"五个大字由范曾先生所书。由于石大、字大，所以用幻灯片将五个字按比例放大后打在景石上的合适位置，字的周遭用橡胶胶皮粘上，在胶皮上雕刻镂空的字体轮廓，用高压空气吹动金刚砂反复对字喷射，完美再现了范曾先生的书法神韵。

植物园南门的景石、爱情漫道中"海誓山盟"景石的安装方法与此相仿，不再赘述。

# 南湖文化之我见

　　唐山南湖号称"文化南湖"，这座大舞台承载了太多厚重的中国传统文化和现代文化。不仅仅呈现出景观文化，更体现出了唐山的城市文化，涉及门类、领域非常之多，这无疑在很大程度上成为中华文化之光，因此不能单纯地将南湖视为一座孤立的公园。

# 南湖之凤凰涅槃

唐山设市，起始于20世纪20年代。唐山市中心有山，称为凤凰山或双凤山，山上有亭，称凤凰亭。所谓有凤来仪，即指凤凰作为传说中的百鸟之王是古时吉祥的征兆，象征着吉祥如意。汉代许慎《说文解字》记载凤凰出于东方君子之国，翱翔四海之外，过昆仑，饮砥柱，濯羽弱水，暮宿风穴，见则天下大安宁。从高空俯瞰，凤凰山北侧的山型为东西两侧渐降的丘陵环抱一池湖水，恰似展翅高飞的凤凰尾羽。唐山别称"凤凰城"就是由此而来，凤凰也成了唐山的图腾。

古往今来，太多的文人墨客赋予了百鸟之王凤凰丰富的内涵。汉代司马相如为求爱卓文君，作赋《凤求凰》，表达了对美人的无限倾慕和热烈追求："有一美人兮，见之不忘。一日不见兮，思之如狂。凤飞翱翔兮，四海求凰。"李贺曾在《李凭·箜篌引》中以"昆山玉碎凤凰叫，芙蓉泣露香兰笑"来再现乐工李凭创造的诗意浓郁的音乐境界。对于凤凰浴火重生的生命力，世人更有决绝的断言："烈火中坠落，一定是那不死的凤凰……即使焚毁了翅膀，也要志在天堂上飞翔……凤凰重生就是涅槃，野鸡重生就是尸变。"

南湖的景观设计，也着意突出凤凰元素，彰显出唐山的城市文化特色。建设南路上的"南湖之门"主题为凤凰；香水湾上桥栏柱头雕有932只凤凰；垃圾山变身凤凰台，凤凰台上立有凤凰亭；"丹凤朝阳"雕塑亦是凤凰作为主角，且有贤才逢明时之意；总长18.03千米的城市超级绿道，主体造型设计也融入了凤凰和凤羽纹理元素。可能是设计者有意为之，用无人机从空中俯视拍摄，"丹凤朝阳"雕塑、城市规划展览馆和南湖的一号门组合在一起，也是个巨大

南湖之门雕塑

的凤凰图形。

至少在经历过唐山大地震的那一代人的记忆中，从凤凰涅槃的意义上来讲，唐山称为凤凰城可谓实至名归，其中至少有四条或明或暗的主线可为明证。唐山兴起于没落腐朽的清朝，经历了短暂动荡的民国，终于迎来了欣欣向荣的中华人民共和国，在中国共产党的领导下蒸蒸日上；唐山也经历了从农业文明到工业文明，再向生态文明的过渡与转型；唐山大地震毁灭了这座城市，在全国人民的支援下，英雄的唐山人民依靠自己的双手让城市重生；工业文明在不断提高唐山人民的生活水准、促进国民经济发展的同时，也曾经严重破坏了这座城市的生态，经过数十年的艰苦奋斗，唐山人民又让城市改换了新天地。这是典型的凤凰涅槃、浴火重生，唐山称作"凤凰城"，当之无愧、名副其实。

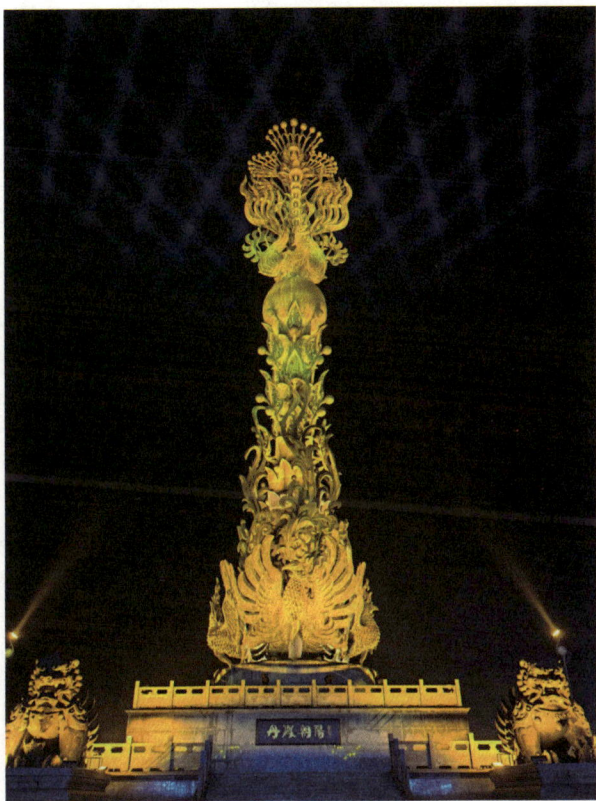

丹凤朝阳雕塑

如今的南湖、现在的唐山，其情其景真如郭沫若先生在《凤凰涅槃》中放歌那般：

> 我们热诚，我们挚爱。
> 我们欢乐，我们和谐。
> 一切的一，和谐。
> 一的一切，和谐。
> 和谐便是你，和谐便是我。
> 和谐便是他，和谐便是火。
> 南湖乃至唐山本身，便是不死的浴火凤凰！

# 南湖中轴线之说

梁思成说过："中国建筑，其所最注重者，乃主要中线之成立。无论东方、西方，再没有一个民族对中轴对称线如此钟爱与恪守。从皇家宫殿、公共官署、佛道庙观以及一般民宅，都依严格的中轴线分布，从群体组合到一室布局都呈现出中轴线的特征。"在典型的中国山水景观中，都有一条中轴线，中轴线与子午线平行，向南北延伸。南湖也不例外，其中轴线体现了"以中为尊""礼乐交融"的哲学思想和中华民族"中正和合"的审美及思想观念，既是中华优秀传统文化的集中体现，也彰显出一种强烈的文化自信。

南湖有两条中轴线，一条是主景观之中的中轴线；另一条是北京园南边主入口的"思泽坊"，经北入口的"尚文轩"，到现代园的"玉盏承露"景观，表现的是从过去到未来的主题。因其距离短、规模小，仅具有象征意义，不做重点阐述。

北京园中轴线

南湖主景观中轴点为丹凤朝阳雕塑；中轴线北侧为城市规划展览馆圆形屋顶，自空中俯瞰形似两片逐渐向下飘落的尾翼，中轴线南侧为南湖大道上行路线南部椭圆形中轴线广场。

丹凤朝阳雕塑高68米、重447吨，由青铜铸造，基座由花岗岩雕刻而成，整体气势恢宏、惟妙惟肖。雕塑主体为美丽的凤凰昂首向天，底座四个方向矗立着八只铜狮子，威震四方，中间为太阳，与龙山遥相呼应呈龙凤呈祥之势。位于南新道与建设南路交叉口的"南湖之门"凤凰雕塑与丹凤朝阳雕塑一样，同出于工艺美术大师韩美林之手。关于雕塑的出处、蕴含以及象征意义的论述颇多，在此不做赘述。值得一提的是，此雕塑是由韩美林名下山东工厂分体铸造，待搭架、吊装、熔焊和抛光等工序完成后，再安在唐山当地厂家制作的基座之上，艺术无价亦有价，该系列雕塑总造价约亿元人民币。

丹凤朝阳中轴线广场的设计颇具匠心，除去丹凤朝阳雕塑和消防、监控系统等配套费用，概算约亿元，造价不菲，但也可谓取之于民用之于民。以丹凤朝阳雕塑为原点，南北各有四块特色地雕，一线串联起四个节点。一

丹凤朝阳广场对称之美

线，即以时间顺序为线，描述唐山近百年的重大事记。四个节点分别为：以工业摇篮为起点（1887—1914），唐山创造了煤炭、钢铁、水泥、机车和陶瓷五个工业第一；1976年唐山大地震，描写唐山人民"公而忘私、患难与共、百折不挠、勇往直前"的抗震精神；2004年唐山获得联合国"迪拜国际改善居住环境最佳范例奖"，此奖项主要奖励唐山市在南部采煤塌陷区开展的生态建设项目，对改善人民居住环境和可持续发展方面做出的突出贡献，唐山市也由此成为国内唯一夺得此奖的城市；2016年世界园艺博览会，表明了唐山人民保护环境、修复生态、实现资源型城市转型和可持续发展的决心。

中国的传统美学讲究对称，在规划面积7.8万平方米的中轴线广场，沿中心线往东西两边延展，遍布着形态各异的诸多景观群，其间散布有1.8万平方米高低错落的各色植物、充满地域特色的绿雕和堪称视觉盛宴的灯光设施。高大乔木诸如雪松、白皮松、云杉等，落叶乔木为银杏、五角枫、国槐、新疆杨等，落叶小乔木有黄栌、红叶李、金叶国槐等，观花乔木是紫玉兰、碧桃、西府海棠、木槿丁香、黄花等，地被植物乃棣棠、太平花、丰花月季、金焰绣线菊、金叶女贞、八宝、景天等。小型植株被展示在正方形木质花箱景观围合而成的花坛，红色至橙红色渐变玻璃钢花台之上。树池中铺满白色鹅卵石，起到增强美观、抑制扬尘、保护根系作用。

由北至南分别陈列着反映唐山主导产业的煤炭雕塑、炼钢雕塑，反映绿色城市发展和城市转型发展海洋产业的凤凰涅槃绿雕。在花溪与龙山相交的三角地，设置了满足周边景观线的立体雕塑。在龙山西南角，与水上训练基地相望的龙山西路交叉口，竖立起了龙号机车绿雕。在广场西侧，还设立了展示国际上不同风格流派的现代雕塑园。

灯光布置也匠心独运。广场西南侧，耸立着一座直径4.8米、高10米的LED灯柱，及至华灯初上，与光影水舞秀、广场灯光汇聚在一起，打造出一派层次清晰、绚烂多彩的

光影奇迹。为了能让游人欣赏到丹凤朝阳雕塑的夜间英姿，建造者们在雕塑及其周围也设计了功能性灯光。雕塑基座的四角上分别安装了能够烘托雕塑下方和基座的射灯；环绕雕塑四周还安装了11盏高耸入云的高强反射灯，用于从各个角度照亮雕塑顶部；在漫道两侧，分两排安装了64盏远光射灯，用于打亮雕塑中部。为了突出青铜雕塑的特有金属冷硬质感，所有射灯全部采用了冷色调，而路灯、环境灯、草坪灯等一律采用低照度和暖色调，不仅营造出柔和的氛围，还避免了光照太强，喧宾夺主。简约、现代的灯具设计风格，见光不见灯的隐藏式暗装，与湖中的光影水舞秀交相辉映，使得夜晚的中轴线广场格外迷人。而龙山之上，不同层次、不同颜色、不时变化投射下来的灯光又给中轴线广场增添了几分赛博朋克的气息。

# 南湖雕塑荟萃

雕塑，其实是一类事物的统称，严格说有雕、有塑、有铸、有刻，更有现代挤压、冲压、铸模成型或电脑刻绘技术的应用。这几种表现形式在南湖的雕塑中基本上都有所涉猎。

提到我国当代雕塑艺术大家，著名工艺美术大师韩美林堪称其中翘楚。全国有50多个城市地标性的建筑，如杭州的"百鸟朝凤"、广州的"迎风长啸"、浙江上虞的"大舜耕田"等作品，均出自他手。韩美林在国内外创作的城市雕塑有记载的有52座，而唐山南湖的"丹凤朝阳"雕塑亦给人留下了深刻印象。其实，韩美林先生在唐山最为得意的雕塑作品还属南新道与建设路交叉口南侧的一组群雕——"南湖之门"，又称"凤凰之门"，寓意涅槃重生的吉祥之门，高度为19.76米，意在永远铭记1976年夏天那场毁灭性的大地震。韩美林先生在运用凤凰羽毛演绎的独特装饰效果基础之上，摄取了中国传统文化的精髓，又借鉴了西方现代艺术创作手法，用简洁明快的线条，将凤凰精神演绎得淋漓尽致。和"丹凤朝阳"雕塑一样，"凤凰之门"也采用青铜铸造，

为雕塑"丹凤朝阳"搭建的钢管大楼（王友满拍摄）

六根柱子一字排开，分离出一条主干道，两条辅路，其体量和张力为唐山南湖造就了一处气势恢宏的人文景观。设计充分考虑与周边环境的有机结合，无论从建筑的线条、色彩或体块上均处理得当，充分体现了传统与现代的完美融合。

同样是铜雕，直接镶嵌在地上的称为地雕，典型如"丹凤朝阳"雕塑南北两侧的地雕。匈牙利馆纪念匈牙利钢琴家李斯特的铜刻音符就属于地雕。说句题外话，李斯特将钢琴的演奏技巧发展到了无与伦比的程度，极大丰富了钢琴的表现力，在钢琴演奏中创造出了管弦乐的效果。他还首创了背谱演奏法，获得了"钢琴之王"的美誉。

雕塑园大量采用了不锈钢材料，共有雕塑28座，分别出自加拿大、德国、

丹凤朝阳（孟顺生拍摄）

意大利、西班牙、希腊等20个国家的艺术家之手，许多作品抽象、夸张，让游客浮想联翩。爱情漫道上陈列的一系列休闲座椅和小品也采用了不锈钢材料。值得一提的是南湖还有不锈钢青铜混合雕塑，那就是建于2002年的莲藕雕塑"小江南"，巨大的不锈钢莲藕上三个儿童造型小铜人在嬉戏和游玩，充满了童趣，生动演绎着人与自然和谐共生的理念。

园区内有着数量众多的石雕，景石上镌刻着诗词或楹联作品，规模最大的是植物园中的碑林；植物园中遍布及膝的石书，简要介绍了一些植物物种，不失为一种生动有趣的科普宣传手段；一些桥梁上应用诗词碑刻，如平步青云桥；云凤桥（香水湾桥）上雕有932只凤凰。

雕塑园（孟顺生拍摄）

103

让笔者大为震撼的是好人园地面石刻了全市精神文明建设好人姓名，其中树牌9人——刘文福、孙跃跃、孙福新、藏岚、韩文宝、王进权、郑久强、段思序、张国华；星光大道地面印刻表彰51人——张超、段思序、张雪松、孙东升、李香表、熊剑、郑久强、苗志刚、孙福新、王进权、李晓松、胡品新、马树山、边久忠、李素娥、唐金宽、龚杰辉、贾朝江、邰建东、张永利、藏岚、秦郁文、郭俊章、么兵、于江、侯振国、白利国、孙东旺、刘凤芹、张宏伟、王连庆、王立刚、王城印、赵建藩、年广利、高俊忠、毛普武、刘学良、王友志、孙双跃、李灵高、白一萍、花海鑫、孟庆合、方娟、刘国富、孙彩云、赵星、周海龙、白玉东。雕塑是凝固的诗、立体的画，他（她）们亦是。铁艺也是雕塑的绝佳材料。陈列在南湖公园和开滦国家矿山公园内外的各型雕塑，标新立异采用了大量废弃的矿用设备零件组装而成，变废为宝，别开生面。爱情漫道两侧健身形态的铁艺竖版剪影也不失为铁质雕塑的重要补充。木雕大量应用于楹联、长廊、门楣、窗格等处，显得优雅大气。砖雕主要用在照壁、构造檐等处，岭南园、江南园广有分布。绿雕是在设计好的造型上，根据部位不同，采用不同的绿植品种和花色叶色加以装饰，喜庆而热烈。

# 南湖桥之味

　　2007年夏季，原煤炭工业部部长肖寒故地重游，来到唐山。他从1965年10月至1975年10月的这十年间，一直任开滦矿务局党委书记。某天他来到了南湖，并登临了某七孔桥，此七孔桥乃云凤桥（香水湾桥）前身，原为刘庄煤矿所建。凑巧的是，次日开滦唐山矿劳动服务公司青年采煤队的一名职工，骑着一辆建设80型摩托车也踏上了这座七孔桥。那日天降大雨，湖水暴涨，对桥的冲击很大。这辆除了铃儿不响哪儿都响的摩托车正行驶在桥面上，桥顷刻之间垮塌了。该职工连人带车一下子坠入湖中，巨大的漩涡将他使劲往下拽，情况十分危急。好在他深谙水性，并不挣扎用力，而是双手笔直朝天伸臂，任由漩涡将他吸入湖底，又将他推举上来，后才得以逃出生天。事后有关单位赔付了这名开滦职工3000元钱。后来兴建云凤桥时，桥体往云凤岛上延伸了50米，由七孔增至九孔，增加和扩展了桥梁的受力面，让桥梁更为安全耐用。

　　有人说，南湖的桥有30多座。这种说法并不准确，但有一定道理。其不准确的原因是，这一说法从地理概念上笼统地把南湖生态城外一部分坐落于丰南、芦台的煤河桥也归类为南湖的桥。有道理之处是许多桥和开滦运煤有关，与煤河一脉相承。如所谓"煤河十桥"，李鸿章嘉名的利涉桥（在芦台至宁河大道）、通津桥（在裴庄子）、济公桥（在大田庄）、洪辰桥（在赵鸡翎庄）、咏唐桥（在唐坊子）、履泰桥（在泰来号）、望丰桥（在传子庄）、江通桥（在胥各庄）、阜

工人历险的云凤桥前身七孔桥（贾向东拍摄）

民桥（在王家河）、庆丰桥（阜民桥、庆丰桥并没有建设）。有趣的是，沿途百姓嫌桥名不好记，直呼几号桥。次序由西向东依次称为一道桥至八道桥。如京山铁路七滦线的起始站叫"七道桥"。这些桥大抵是一种用来跨越障碍的大型构造物，没有观赏价值。实际上，目前现存的桥绝大多数为新桥，新桥上既没有按李鸿章的嘉名落款，也没有新的桥名，而是统称为"煤河桥"。从惠丰湖奔唐曹高速唐坊入口的半路上，就能见到"煤河桥"。

我国园林中的桥梁秀丽多姿，形式多样，桥引人随，妙运无穷，这是因其实用性与艺术性高度得到统一的结果，所以桥梁成了我国园林建筑艺术中的精品之一。大南湖的桥，除了用来跨越障碍物外，有相当一部分具有园林景观中的点景功能，而且，桥梁本身也是一种景观。如紫天鹅庄1～3号桥，大南湖中横跨四个岛的桥等。特别是夜晚桥体上下的轮廓灯、景观灯打亮后，灯光倒映在波光粼粼、灵秀俊逸的湖水中煞是好看，吸引了许多摄影爱好者纷至沓来取景拍摄。当然，也有一些桥仅做通途之用，如铁路洞桥及一些零散的小桥。

水生植物园跨河桥（高永宝拍摄）

小南湖里的桥则具备了园林景区桥梁的三大功能。一是桥自身就是景观，有点景的作用；二是桥梁是观景、赏景的场所，选景赏景的功能极强；三是可以连接景观，帮助划分景观的空间层次。前两条功能不必多说，就第三个功能而言，我们可以拿西湖苏堤六桥与小

南湖桥的功能作比较。苏堤六桥为：映波、锁澜、望山、压堤、东浦和跨虹，位置在西湖西部，南起南屏山下花港观鱼，北抵栖霞岭下曲院风荷和岳庙，全长约2.8千米。苏东坡的"六桥横绝天汉上，北山始与南屏通"形象地点明了这一功能。而桥与

紫天鹅庄酒店2号桥

亭相连、桥与榭相融、桥与廊相通，让人感觉换步可移景的小品更显清秀雅致。南湖龙山南侧花溪水中的三座如意桥、石阵中两座用石块堆砌凌空飞架的桥、荷花蒲中简单垒砌的石墩、泄水沟渠用巨石铺垫的原石桥、江南园中的小桥，与亭、榭、廊相通后就是景观加景致了。严格来说，架在水面上的滨水栈道、悬在空中的绿色步道都是桥。

　　桥不仅有实用功能，也承载着很多的文化意义。每座桥都造型各异，有着不同的文化意蕴，寄托着人们的各种期待和向往。南湖中，寄情于对工业前辈的缅怀，于是有了"景星桥"；寄托着人们对富裕生活的向往，于是有了"天宝三孔桥""宝带串月桥"；承载着学子对大好前程的盼望，于是有了"平步青云桥"；寄予着一切顺利，于是有了"履坦桥"；见证了爱情的忠贞，于是有了爱情漫道中恋人相约的"蓝桥"；象征着和谐美好，于是有了宛如玉带的"香水湾桥"，桥上的扶栏恰似美人的簪子，又雕有932只凤凰，故别称"凤簪如意桥"。行走在南湖的桥上，特别是在不同的时段，登临不同造型的桥上，总会想起马致远的"枯藤老树昏鸦，小桥流水人家"；想起沈与求的"画桥依约垂杨外，映带残霞一抹红"；想起贺知章的"离别家乡岁月多，近来人事半消磨。唯有门前镜湖水，春风不改旧时波"等，这是因为，在桥上总能找到诗意的注脚、影子或诠释。

　　可喜的是，南湖西南的南湖大道上，又新建起了几座连接市区和丰南的新桥，

锦麟桥（顾翔普拍摄）

这些桥具有浓郁的现代风格，增添了几许别样的风景。南湖的桥本身，何尝不是唐山人民通往幸福生活的坦途呢！

# 南湖亭之韵

爱情漫道卿卿堂草庐

与地面持平或者略高于地面的为"亭"，筑高台以建的为"台"，是谓亭、台区别。亭是一种有顶无墙，一般只有一间的建筑，多建在路旁，供行人观景、纳凉和小憩。亭的造型挺拔、雅致。挺拔，可给人依赖感，便于游人休息；雅致，则无需赘言。所谓"亭亭玉立"即来源于对亭的观感的精准归纳，因此凡是建造中式园林，亭，均不可或缺。南湖有30余座亭，数量如此之多的亭因何而来？一来，亭是一种中国传统建筑，世园会国内园和植物园的建设理所当然有亭；二来，亭造型轻巧、选材不拘、布设灵活，可被广泛应用于园林景观建设中。现在，亭也在逐渐进入居住面积允许又有别致小院的寻常百姓家，但一般为防腐木或钢材与玻璃或玻璃钢结合制作的微缩版迷你亭。

南湖的亭一般为木质，依样式大体分为三类。一类是古典风浓郁的传统木亭，这种亭数量最多；二类是防腐木制作的顶不能隔雨的现代木亭（这种亭稍微拉长即可称廊，漫上藤萝也可

江南园荷风四面亭四面临水

107

称架），在龙山南侧植物园或国际园等处有零星呈现；三类是爱情漫道中的"卿卿堂"，顶部用草披就，具有亭四面通透、有顶的特征，严格说来称之为"草庐"更为贴切，称作"堂"稍显勉强。

亭的美感除了体现在挺拔之外，还主要表现在亭顶

北京园京华亭仿北海龙泽亭而建

部的斗拱飞檐。斗拱是中国建筑特有的一种结构，在立柱顶、额枋和檐檩间或构架间，从枋上加出的层层外探、呈弓形的承重结构叫拱，拱与拱之间垫的方形木块叫斗，全称"斗拱"。飞檐多指屋檐，特别是屋角的檐向上翘起，若飞举之势，常用在亭台楼阁、宫殿、庙宇等建筑的屋顶转角处，四面翘伸，形如飞鸟展翅，轻盈活泼，常被称作"飞檐翘角"。此种形制，扩大了亭内的采光面，利于排泄雨水，并且可以增加建筑物向上的动感，仿佛有一种力量将屋檐向上托举，营造出壮观的气势和飞动轻快的韵味。南方气候温暖，积雪不多，因此屋角翘得更高，可弯转如半月，这种翘角的做法叫发戗，南湖园区可见的翘角幅度很大的基本是体现我国南方地区特色的亭。在设计飞檐的长度和弯曲度时，要统筹考虑当地的气候、建筑体量、屋面坡度和顶部重量。武汉园的亭具有荆楚之风，坡度小、檐角直，雨水可顺势而为滴答淌下；而重庆吊脚楼和岭南园的屋顶更陡，有利于雨水不假思索飞流而下。飞檐和斗拱一般混合使用，但重要的是考虑承重。一般体量大、重量沉、檐部伸展长的，斗就多；体量小、重量轻的，斗就少。拱也是如此。龙山阁因其体量庞大，重量巨大，拱和斗的层次结构就复杂一些，一般的亭就相对简单多了，有的干脆不用斗。

南湖的亭多为单亭，最有名的是"荷风四面亭"，因其四面种植荷花得名。该亭四面环水，湖中荷花随风摇曳，荷叶田田无穷碧，美不胜收。南湖的亭多为四角，此亭为南湖唯一的六角亭。亭顶的设计为单檐六角，飞檐出挑，红柱挺拔，基座玉白，恰似满堂湖水怀抱着一颗光辉璀璨的明珠。南湖也有双亭。攒尖顶，归水而建，由两亭叠加，从中间自然分割而成，又相互交错，这种建筑形式多为江南讲究风花雪月的文人雅士所喜，用来比喻夫妻间相濡以沫的感情。南湖还有连体多亭。龙山东部半山腰的休息区，亭廊相连，但从顶部形制和飞檐看，四体相连，也可称作亭。

南湖更有仿明代遗构的乳鱼亭。木构部分匠心独运，四角正方形，临地一面无

立柱，其余三面均有两根立柱。宋人王禹偁《诏臣僚和御制赏花诗序》"观乳鱼而罢钓"，指的就是怜惜乳鱼，不忍垂钓。乳鱼指很小的鱼，闻此典故，古人在亭中凭栏观小鱼之乐趣，喂鱼逗鱼的场景，一下子浮现在脑海中。京华亭乃按照京城北海公园五龙亭的中亭龙泽亭1∶1比例还原建造，沉香亭则仿唐代长安城兴庆宫亭阁所建。为点景仰观，又为供游人统览南湖美景之故。龟石山上原有木亭，2021年又新增四座木亭，只是这四座新亭与原有的木亭相比造型更简单。大南湖中紫天鹅庄和酒岛等处也都有亭分布。酒岛又称"邀月岛"，"邀月岛"上有一"邀月亭"，在"邀月亭"上饮酒赏月，不失为一桩浪漫的事情。

# 南湖阁之趣

　　阁，指旧时楼房的一种，一般为两层，周围开窗，多建于高处，可登高远眺，欣赏远景。南湖中，亭多阁少，只有两处有两层以上、四面开窗的楼房，一为听音阁，一为龙阁。

　　听音阁处于云凤岛丘顶，虽可登临四望，但因所处地势较低，视野比较有限。兼之云凤岛作为《那年芳华》的演出场地，因此听音阁往往作为演出背景之一，游客实际亲临较少。

　　龙山顶上的龙阁，拥有较大的体量和独占山顶的雄姿，吸引了络绎不绝的游人来此登高望远，将唐山市中心美景尽收眼底。龙阁总高33.3米，台基高6米，周长103.5米，以元代宫廷画家、"元代界画第一人"王振鹏所绘的《龙池竞渡图》中的"宝津楼"为蓝本建造，也是整个南湖的制高点。界画，是中国绘画很有特色的一个门类，在作画时，使用界尺引线，故名界画。也就是说，

龙阁仲夏

这座阁楼是用画建筑图纸的方式描绘而成。界画的最佳用途，《历代名画记》中曾有所表述，称其"触物留情，备皆妙绝，尤垂生阁"。具体画法是将一片长度约为一支笔的三分之二的竹片，一头削成半圆磨光，另一头按笔杆粗细刻一个凹槽作为辅助工具，作画时把界尺放在所需部位，将竹片凹槽抵住笔管，手握画笔与竹片，使竹片紧贴尺沿，按界尺方向运笔。这样，能画出均匀笔直的线条，这种作画方法最适宜画建筑物，尤其是阁楼。所以，我们看龙阁，横栏立柱纹路清晰，榫卯结构表露无遗。如用工笔画技法相互配合的，又称为"工笔界画"，著名的《清明上河图》即为界画的代表作之一。

"宝津楼"是唐代建筑风格，表面包铜，斗拱、门窗等游人可视、可接触部分采用木质装饰件，体现唐代楼阁雄浑古朴之美。唐代以肥为美，追求质朴，因此龙阁大多采用粗木大料，基座楔入了十几根直径一米的钢管固定，整个楼阁体型巨大，给人以气势宏大、体态遒劲之感。

造园如作诗文，必曲折有法，前后呼应。此阁为典型的写实风格，一经与周围的环境景观相搭配，则充满了象征意义和浪漫主义色彩。南湖由开滦而生，龙山之南设开滦"龙号"机车绿雕，示意观今宜鉴古，无古不成今；龙山及其附岭自身依龙形地貌而建，龙山之北朝向"丹凤朝阳"雕塑的凤凰之冠，龙山以西隔湖与凤凰台遥相呼应，处处呼应龙凤呈祥、凤凰涅槃、阴阳和合之意。而龙阁为南湖的制高点，登高以致远，文人墨客也罢，普通百姓也罢，观景赏月也罢，遥想未来也罢，每个人都可以在此找到诗意的注脚！

# 南湖楹联考据

楹联，又称对联、门对、春帖、春联、对子等，是写在纸、布或刻于竹、木、柱子之上的对偶语句。楹联对仗工整，平仄协调，一字一音，是独特汉语艺术的表现形式，是中国传统文化的瑰宝。南湖园内园中楹联俯拾皆是，各个地方园入口大多有一副楹联，另有许多楹联散见于园内景观之中。南湖的楹联大多被置于亭台楼阁或刻于景石之上，以附于门框或两边廊柱之上居多。大致概括提炼出各地的人文特色，如江南园的"诗盛人盛皆出人才妙笔，山清水清全凭巧匠神工"，再如岭南园的"烟花一放惊寰宇，香荔千年梦故乡"。

楹联的语言虽然简练，但寓意深刻，其中所蕴含的典故或风物往往具有鲜明的地域

岭南园楹联

色彩。穗园的楹联为"风卷书香扫幽静，雨打芭蕉落闲庭"，源自一部关于岭南园林的随笔集，意指在路两边建有学校的广州培正路，当游客抬头见到这副对联时马上就能意会到了广州园。寓意巴蜀文化浓重的峨眉山月茶楼，门楣两边用烫金字书写着："日出三竿春雾消，江头蜀客驻兰桡"，出自唐代刘禹锡的《竹枝词九首》之四前两句。说的是日出三竿，烟雾消散，女主人托一停船歇息的四川客人为丈夫捎去一封信，告诉客人自己的丈夫现在住在成都的万里桥，描摹了一位少妇托人寄信时幽怨、思念的情景，具有明显的民间风格和生活气息，人间烟火，男女相思，耐人玩味。江南园中不仅能欣赏水乡独特的山水美景，也能感受到传统士大夫的文人情怀，尤其是楹联处处渗透着江南文化的风雅。立雪堂前的"高士榻上卧，故友门外访。绿竹亭前摇，香风厅中闻"来自著名的典故"程门立雪"，展现的是尊师重教的品格；荷风四面亭源自拙政园中的景观，亭中抱柱上的楹联"四面荷花三面柳，半潭春水一房山"体现了江南文人学士的闲适、优雅。

有的楹联重在状物写景，保定园莲池书院的楹联为"竹静似闻苍玉佩，松寒欲傍绿荷衣"，意为竹林寂静得似乎可以听到绿色玉佩因互相撞击而发出的低微声响，松树冷清地想去靠近碧绿的荷花相互作伴。

有的楹联以歌功颂德为主，突出了气贯长虹的宏伟气势，如皇家园盛京堂的楹联"飞龙起舞漫天雪，萧鹤长鸣满地歌"，宣告了沈阳作为古代帝都的气魄与尊严。巧合的是，沈阳也有一个南湖公园，始建于沈阳被称作盛京时期。

有的楹联宣扬了宗教传统文化或修身养性之道，如君子亭上的"双储福慧静身悟性，亭养天真悟道明心"，说的就是王阳明1506年

江南园立雪堂楹联

111

重庆园楹联

贬谪于贵州修文，率人伐木筑亭，起名为"君子亭"。满益大师在《示养德》中说："慧宜增，福宜惜"，阐述了成就道业的两个主要条件：增慧、惜福。大哲学家王阳明，在仕途飘摇，人生坎坷之际，因陋就简，以粗陋之亭寄托了自己的坚贞旷达之志。在《君子亭记》中，提炼概括出了毛竹具有"德、操、明、荣"的君子四法，是对"君子"之字的多层面展开和具体实践，乃知行合一的践履举措，非纯精神层面的探索赋予，为世人提升自身德行修养提供了更广泛的借鉴意义。有时看懂了楹联，便也参透了人生。

梁柱上家国，门楣上文脉。中国的传统文化渗透在南湖景区的每个景观和每处细节里，而楹联正是文化的绝佳载体。南湖的楹联很多，见仁见智，如果时间宽裕，游玩南湖请将脚步慢下来，心静下来，不时驻足美景之间，抬头细细鉴赏各处的楹联佳句。

## 南湖刻石碑碣

南湖的石刻碑碣多为诗词，镌刻于形状各异的石头之上，石材选用房山石和滦河石，主要分布在唐山植物园的碑林广场，一些广场之上、景观之侧也比较多见，其他位置亦有散见。先来盘点一下几处独立置放并且具有代表性的石刻。

这第一块独立放置的石

江泽民同志所作《七律》石刻

2016年唐山世园会立碑

刻是在1996年7月，唐山大地震二十周年之际，某中央领导同志来南湖视察，为唐山写下的"弘扬公而忘私、患难与共、百折不挠、勇往直前的抗震精神，表达了把唐山建设得更美好"的深切期望。2010年8月16日，这位中央领导同志再次来到唐山并视察南湖，面对唐山特别是南湖的变化，诗兴大发，挥笔写下《七律·庚寅年重访唐山书怀》：

　　　　三十四年弹指间，英灵伏祭梦魂牵。

　　　　芜城泣血九州恸，胜景歌莺百姓翩。

　　　　天接沧溟浮郁岛，地开湖中绽嘉莲。

　　　　凤凰台上登高望，奋翼今朝更向前。

　　此后这首七律被雕刻在景石上，三易其址，现摆放在南湖中轴线广场西面。独立置放的第二块是由李铎题写的"唐山南湖"四个大字，矗立在桃花潭大门内，正对桃花潭门；第三块是爱情漫道中"海誓山盟"石刻，镌刻了"山无棱、天地合，乃敢与君绝"；第四块置于凤凰台，是由唐山市委、市政府撰写的唐山南湖记；第五块置于凤凰台门入园后西侧上书的"凤凰涅槃"四个纵向排列大字。独立置放位置比较特殊的碑刻当属植物园中范曾先生的书法作品。原唐山市市长礼请范老动笔，老先生也蛮大方，一气呵成题写了五幅。最醒目的便是植物园东门外叠立的"唐山植物园"景石，次之是植物园门口内侧的"滋兰九畹"，再次是松柏园中的"新松恨不高千尺"，最后是植物园和碑林中分别雕刻摆放的"众芳之魁"和"唐贤近人皆有之"。

　　独立置放的还有几块如"好玩南湖""神奇南湖"等。

　　植物园碑林广场中的诗词碑刻大部分由本地书法家手书，如李智勇、张凤生、张国栋等人作品；大

范曾先生所书《滋兰九畹》

113

家、名家的作品大多取自于公开发表的作品，如毛主席的《咏梅》，以及启功、欧阳中石等人的书法作品；另有一些是外省市或者个别小有名气的书家惠赠。在这些诗词中，绝大多数取自中国诗词巅峰时期唐宋时代的名篇佳作，自创的不多。找不到出处，无名氏所作有三幅："饮竹诗含翠，画梅笔带香""梅笑东风，香满红树，山横南岸，烟合翠微""雪侮霜欺压翠微"，如有读者知晓出处，可告知小老儿，不胜感激。

原本碑林广场中准备了200多块大小不一、形态各异的景石，预备诗词或楹联雕刻之用，目前空白100余块。据相关人士透露，因植物园经费紧张拮据，无力支付润笔费，很难面向社会公开征集作品。笔者既为这些闲置的碑石扼腕，也为许多优秀的书者无法展示墨宝叹息。遂备薄酒几杯，邀请几位在书界有名望的我的领导、老师和前辈挥毫，以颂植物、润碑石、留芳名，丰富植物园碑刻多样性。他们是赵俊杰、薄惠明、郑连生、魏国臻、王建政、汪荣生、冯自勇。当然，有些碑刻不论是书法水平还是雕刻水平，连我这个外行都不敢恭维，比如京华园中那块碑石和平步青云桥上的碑刻，略去也罢。

# 南湖书香雅事

某个春日，我正倚坐在南湖江南园"立雪堂"的廊凳之上，背靠廊柱如痴如醉捧读闲书，身旁自带的茶杯中，新泡的龙井散发出甘醇清冽之香。不一会儿，从江南园的南门走进来一位手握DV机的小伙子，边走边录，将我醉心捧读的形象适时收录进了镜头。在他身后，跟着一个年轻女子和一个漂亮可爱的小姑娘，看样子是春游的一家三口。打他们一开口说

乐读（高永宝拍摄）

话，便能听出来者是地道的北京人了。小伙子跟我攀谈起来，不无艳羡地说："你们唐山人太幸福了，在北京得跑出多远才能找这么好的地儿看书啊。"我笑笑，心中暗忖：南湖是5A级旅游景区，唐山人每天都可以免费出入，只要他愿意。

　　小伙子说的是实话。小南湖里，建有许多亭、台、廊、榭，大小道路两侧、植物园的茂林修竹之间，也散布着诸多供游客休憩的石头、木头、不锈钢、塑木、合成树脂等材料制成的长椅、单椅和茶桌。大南湖也如是，借一片浓荫，寻一处回廊，闻鸟语花香，捧读一本自己喜爱的书籍，真是人间美事！

猫的天空之城书店

　　桃花潭的澄澈湖水映照着南岸"猫的天空之城"概念书店。此书店始于古城苏州平江路上只有四张小桌、500本图书的一片小店。主理人凭着对原创的执着、对插画的热爱，主营旅行、艺术、绘本、文学四类书籍，输出小众化的氧气生活、恋物志和明日风尚生活理念，兼以贩售明信片、包包、本子等周边杂货，在全国省会级城市和旅游城市相继开办了多家连锁店铺。2009年7月4日，"猫的天空之城"概念书店敏锐进军唐山南湖，凭着不是咖啡馆却售卖咖啡的另类风格，在小而美的空间，吸引着时尚、新潮的年轻人和孩子们前来打卡。在这里，人们轻饮咖啡果汁，品读书籍，选购礼物，亦可信手在明信片上写下对未来的期许，寄给若干年后的自己或亲友。在日益浮躁的当下，"猫空"给人们带来了一片安静的心灵栖息地。

　　植物园中成片的展牌、散布于草地林下的石书以及热带植物风情馆对稀有植物的介绍，也是书籍的外延表现形式，它们用各种知识浸润着人们的头脑，回答了许多能够强烈唤起人们，尤其是孩子们求知欲望的神奇问题，告诉我们什么是生态，人与自然应该怎样和谐相处。

　　与南湖湖畔里景区仅隔一条路的唐山图书馆，是一座满载浓郁书卷气息的建筑。高大的玻璃穹顶，确保了采光、节省了能源，2400个阅览座位，一到寒暑假，大部分会被莘莘学子抢个精光。散布在各个阅览室的人们，有的在查找、抄写资料，有的在阅读报刊，有的忙着撰写论文，或进行着文学创作……乘坐扶梯上到二至四楼平台，顷刻间会被众多读书人全神贯注的静默气场震撼和感染，令人不由把脚抬高，将步伐放轻，生怕惊扰了正在采集甘甜知识的勤劳"蜜蜂"们。

　　南湖的书香雅事有种种美：有对知识的渴求，对理想的追求，对力量的追逐，总之都与明朗阳光有关。山水是大地的书籍，可尽情欣赏；书籍是案头的山水，可用心领悟。在南湖既可领略山水之美，又可享受读书之乐。平心而论，南湖本身何尝不是一部内容丰富、包罗万象的大书啊！

# 南湖碧艾香蒲

自古以来人类逐水而居，城市依水而立，人类文明依水而兴，生态文明则无水不可。南湖的生态文明，突出反映在两个字上，一个是"绿"字，一个是"水"字。平时，我们大多只关注到南湖湖光山色两相宜、天光云影共徘徊，很少能体察到某些植物的水下功夫，本章仅浅谈一下水生植物对南湖水质的净化作用，使读者们一探水下世界的奇妙。

南湖核心景区的水生植物园，主要收集了水生鸢尾、荷花、睡莲、菖蒲、雨久花和茨菰等120余种水生植物，营造出一种清雅与淡然之美；桃花潭、龙泉湾和大南湖青龙泽等水域，注入南湖的青龙河、陡河通渠等水体，都遍植芦苇、菖蒲等挺水和沉水植物，极大地丰富了景观。种植水生植物不仅意在创造园林意境之美，还因为以水生植物为核心的污水处理和富营养化水体的修复治理，具有投资少、成本低、易管理、景观效果优良，有利于重建和恢复生态系统等优点。

净化水质的重点，主要是经过处理后已经达到排放标准、行经青龙河排入南湖的中水。加之有陡河季节性补水、唐山矿井水日常补水都要交汇融入南湖，所以南湖净化水质既要照顾到重点水域，又要兼顾全体水域。

南湖及周边水域中的水生植物主要通过两条途径对水质起到净化作用：一是吸收利用，吸附富营养水中的营养物质和有害物质；二是附着作用，增加水生植物根系的

水生植物净化水体

微生物附着，使经过水生植物根系的有机污染物通过被微生物吸收、同化及异化作用去除。主要采用了三大类、八种方法来净化水质。第一类为湿地法类，方式有三——表流式、表流生态园式、渗流式，在大南湖水域体现最为明显；第二类为浮叶植物法类，方式有二——水槽式、水面利用式，在东部陡河通渠近南湖水域和西部青龙河近南湖水域运用较为普遍；第三类为水培种植法类，方式有三——直接种植

湖中的浮体式水培芦苇

式、特殊底材式、浮体式，浮体式在龙泉湾和桃花潭被应用得较为明显。

南湖水生植物品种的选择，根据不同水域需要净化的物质有别，侧重于挑选适应当地环境和气候、抗病虫害能力强、耐污能力强、净化效果好的材料和品种，如为了净化氨氮，大量种植千屈菜、美人蕉、菖蒲、达香蒲；为了净化总磷（TP），大量种植千屈菜、美人蕉、凤眼莲、石菖蒲。而巧妙搭配不同品种的水生植物，还能收到事半功倍的效果，如石菖蒲和千屈菜组合，能同时提高氨氮和总磷的净化效果；美人蕉和千屈菜组合，能提高总磷的净化效果。焦建国先生有诗赞菖蒲：

菖蒲初发苦寒无，淡泊临风亦岸然。

雅骨清姿常入画，不输兰菊水中仙。

四月菖蒲吐芽鲜，欲分春笋半边天。

山荫水涧先择处，宁傍南湖不羡仙。

# 南湖荷香远溢

南湖湖岸错落有致，湖面开阔平静，有万亩绿树环抱，有鸟飞鱼跃相伴，是荷花的理想生长地。走进南湖的荷花世界，粉的、白的、绿的、紫的、杂色兼有，真是鲜艳多姿、色彩明丽，向人们无声诉说着色彩的多元化，一梗两花的"并蒂莲"、一枝四花的

"四面观音"，纷纷向世人呈现着荷莲世界的多样性。

早在2008年，南湖便开始了荷花种植。随着南湖生态城建设逐步展开，大规模的扩湖工程拉开序幕，后续从白洋淀引入了优良的荷花品种，进而形成了大、小南湖三大片荷花水域景观带。一是桃花潭。朗朗晴空之下，8000余株岸上的曹公柳与6万余平方米水面上的荷花相映成趣，成为"醉美"游人

荷花浦莲叶田田

之处。南湖十六景观之一"曲栈清荷"即坐落在此。二是一进桃花潭门右手边的"荷花浦"。在古朴的塑木栈道周围，荷花掩映，荷叶田田，行走于栈道之上，朵朵粉面相迎，恰似张张少女的容颜，风情而浪漫。三是大南湖"青龙泽"。荷花种植面积达到30万平方米，是南湖当中最大的荷花景观区域。此外，水生植物园水面、紫天鹅庄等处水域也种植了不同规模的荷花。

置身于三大荷花景观水域，尤其是炎炎夏日，在青龙泽水域你会直观又强烈地感受到杨万里笔下"接天莲叶无穷碧，映日荷花别样红"的震撼与冲击；到了千里冰封万里雪飘的冷冷冬日，特别是大雪纷飞之后，蓬头与残枝花茎交织，与水中倒影相融，万千枝蔓不觉杂乱，反生出一种孤独、旷达的心境，连绵悠长，仿佛在重唤来年的生机勃勃，诉说着本真之美，这是一场季节更迭的归途，也是至美的荷韵。

酒岛十亩荷塘

在茫茫水世界，人们用"荷出绿波"来形容洛神的美。在花语中，荷花意味着清丽脱俗，其文化色彩的寓意无疑是圣洁。自从周敦颐在《爱莲说》中赞美荷花"出淤泥而不染，濯清涟而不妖"，荷花便成了"花中君子"。在民间，人们把荷花的雅洁赋予了纯洁的爱情色彩，以"藕"来双关"偶"，以"莲"来双关"怜"。也借"藕"表达珠联璧合、相互依存、相互作

用，使情味隽永、活泼、绵长。人们生活中的各个领域，包括歌谣、年画、衣食、建筑、装饰、风俗等，"莲""藕"也无处不在。佛教有五树六花，六花之首即荷花。六花之中，唯有荷花是儒、释、道三教共赏之物，在三教中具有独特的、不可替代的作用，三教也对荷花均寓以深情厚感，都以符号和文字不遗余力地宣喻。儒家把荷花的特质和君子的品格浑然熔铸，来寄托儒学的精神追求；佛教借莲花弘扬佛法，以污泥秽土比喻现实世界中的生死烦恼，以莲花比喻清净佛性；道家选择的居住环境多是"半池莲叶半池菱"，何仙姑手中的法器正是莲花！

每到夏日，南湖的万亩方塘，荷莲竞相开放，虽扎根泥土，但不怨世态炎凉，不叹时乖命蹇，自顾珍爱自洁，安身立命。微风吹过，轻摇慢舞，污者自管污，荷花竟自洁，这一幅美妙的"荷湖美景图"成为人们心中永不褪色的画卷。

# 南湖饕餮盛宴

唐山是渤海之滨的明珠，背倚燕山，平原广袤，物阜民丰，山珍海味兼备，且今天的唐山人大多是明初至晚清及至民国时期移民而来，遂造就了唐山独特的饮食文化。而饮食文化可称为南湖优美画卷上浓墨重彩的一笔，值得大书特书，今天我们就来浅谈一番舌尖上的南湖。

如果向唐山人征求南湖美食打卡意见，那么十有八九会提到一座能吃的饮食博物馆——"唐山宴"。"唐山宴"占地面积1.48万平方米（22.2亩），建筑面积4.1万平方米，地上八层，地下一层，由唐山文旅集团和唐山遵化凯歌实业有限公司共同打造，代表了地地道道的唐山味道。进门便有头戴瓜皮帽、身着长衫的中年堂信用地道的唐山话"稀罕你来"（现已改为"来戚咧"）欢

唐山宴小山风情街

迎客人的到来。在这里既可以品尝独具唐山特色的地方小吃，也能够一品包括宫廷菜式的珍馐美馔；当然商家从营销和利润角度考虑，也点缀了适合南来北往各地游客口味的其他地域菜品和小吃。整栋建筑共分三部分：一为富含唐山本地文化元素的饮食博物馆，主要以"三街两巷"建筑内街区的形式，以展览和制作展示为手段，展现了老唐山传统风貌；二为餐饮店堂和包房，兼具演出唐山非遗文化特色节目的功能，供四面八方的游客品唐山地方美食，赏唐山地方文化，铬喳、水豆腐、棋子烧饼与河豚基本是必点美食；三为唐山市文旅集团旗下世园投资发展有限公司的办公用房，不对外开放。剩余部分为酒店。唐山宴已经成为唐山饮食文化的代表性窗口，全国各地乃至世界各国的游客来到唐山，一般都要专程来看一看唐山美食，尝一尝唐山美食的味道，听一听独具特色的唐山"哒"味儿。

　　"鸿宴饭庄"是唐山地区唯一一家久盛不衰的老字号连锁饭店，由京东（北京以东）名厨建于20世纪初，崭新的总店及冀菜研发基地就落于南湖美食广场。其主打为京东菜，京东菜源于鲁菜，这与唐山人的祖上大多为明初山东移民有关。"鸿宴饭庄"的菜品以煨肘子、九转大肠、红烧裙边、芜爆蜇头、酱汁瓦块鱼、软炸虾仁和锅塌

鸿宴饭庄

西红柿等最为著名。在这里不得不提及另一道老少皆宜的特色菜——干烧冬笋，此菜实乃粤菜，源于清末及民国时期涌入唐山的大量广东籍技术人员，也体现了唐山饮食有容乃大的特色。另外，南湖餐饮集群中的紫天鹅庄大酒店、铂尔曼酒店、足球主题酒店、文旅酒店等特色酒店菜品基本上都以京东菜为主体。

　　唐山濒临渤海湾，海鲜资源丰富，南湖片区餐饮中以当地海鲜为食材的菜品无疑是一大亮点。其中以海鲜为招牌的主要有两家店，分别是"鑫汇海鲜火锅"和"十二海鲜坊"。这两家店风格迥异，前者讲究上等生猛海鲜入馔，品味原汁原味海鲜涮锅；后者传习唐山南部沿海乐亭、滦南一带的家常风味，善用酱烹制本地海鲜。火锅在神州大地可谓遍地开花，在南湖自然也不遑多让，成为一个热门餐饮品类。火锅围炉而食，吃的就是一派热烈、奔放气氛，受到各个年龄段人们的喜爱。南湖的火锅有三种：一是前文提到的鑫汇海鲜火锅；二是东来顺和"唐山宴"北区以及紫天鹅庄的传统北派铜锅；三是世园会重庆园峨眉山月茶楼的重庆火锅。就个人感受而言，我更喜欢峨眉山月茶楼，

因为其坐落在南湖景区内，既可在吊脚楼上鼎沸江湖，又可在宽阔的庭院品茶悟道，还可在高台之上的长廊把酒言欢，整座茶楼三面被青翠素朴的绿植和修竹环抱掩映，自成一派人与自然交相融汇的风雅，在封闭式的包房中很难体会到此种意趣。

南湖美食广场落成初始，以俏江南、全聚德、东来顺、江苏饭店等为代表的高端菜馆都曾入驻，后来或因盲目扩张被资本血洗闭店，或是因老字号菜品老、价格高缺乏核心竞争力而倒闭，如今只余东来顺硕果仅存苦心经营。但以宁波菜为特色的"甬妈妈"新派菜馆却一枝独秀，不仅在唐山光明路、建华道、培仁里有分店，仅南湖片区就开了两家连锁店，一个屹立于建设南路"南湖之门"雕塑东，一个跻身于湖畔里景区，既可品尝宁波特色风味美馔，又可凭栏观湖赏景，成为南湖核心位置中规模最大、最受欢迎的餐饮品牌。

各路老饕寻味南湖，湖畔里各个餐厅是必打卡之处，这里相当于唐山人的后海。顾名思义，湖畔里所有餐厅都紧邻南湖湖水修建，让味蕾和眼睛一起旅行，得到双重满足。"甬妈妈""往事咖啡""音乐炙轩"的一排排透明玻璃房似钻石洒落湖畔，食客边享用美食边观湖赏月，既浪漫富有诗意，又高雅彰显情怀。夏夜凉风来袭，与友人凭湖而坐，把酒临风，观水舞灯光秀，赏驻唱歌手现场表演，悠然自得，别有情调。更有私密性佳的湖畔里"甬妈妈"木屋供君选择。

南湖的饮食文化博采众家之长，兼容并包。南湖高尔夫球场、紫天鹅庄、铂尔曼酒店等星级酒店，均备有西餐，国际园中的布达佩斯餐厅、日本怀石料理、慕尼黑啤酒屋等异国风情餐厅则专业提供各国风味美食。孩子是祖国的花朵，做吃货要从娃娃抓起，南湖也为花朵们准备了别具一格的丰盛料理。Kiddo Kids亲子餐厅在唐山首创乐园型餐厅概念，孩子们不仅能品尝到西餐、日韩料理、中式简餐，还可以在餐厅内畅玩各项户外乐园中才有的游乐设施，并且有生日宴会布置、绘本阅读和cosplay等别出心裁的服务。还有概念来源于户外野餐旅行的皮影兔餐厅，希望把"万物农场"的主题，通过春种秋收直到制成成品的全过程，把人类与自然的互动、人类与自然的关系这种深刻的命题，用每天人人离不开的饮食活动，采用情景交融的方式传递给孩子们，可谓寓教于食、知行合一。散布于南湖各岛、老唐山风情小镇和国际园中的私人会所、私房

湖畔里甬妈妈餐厅

菜馆则比较私密，仅对熟客营业，由主厨按每日时令备菜制作菜品。对外接待客人比较多的是位于老唐山风情小镇的京味儿"娜家小馆"，其特点是菜品制作精雕细琢。一个普通的白萝卜，舍得花上三个小时的时间和若干道工序精心烹制成一道晶莹剔透的艺术品。"酒岛"则以高端红酒和高端菜品见长，当然，现在也推出了兼顾普通消费者的大众菜品，大家可亲身前往一试。桃花潭西岸的往事咖啡分店和清欢渡则略显静谧，适合喜静之人探店。每到夏季，市民广场的南湖夜市和啤酒节就会盛大开幕，各位朋友完全可以以一种随缘心态光顾，毕竟各花入各眼，这里就不再赘述。

# 南湖流光之夜

夜色悄然来临，但南湖之夜并不沉寂，而是令整个城市更为流光溢彩、神采飞扬。

南湖之夜，绚丽多彩。南湖的夜生活，以"丹凤朝阳"雕塑广场为核心，联动光影水舞秀、云凤岛的实景评剧《那年芳华》和湖畔往事、爱情漫道、国际园餐饮集合，是夜间游人聚集之处。这一区域有声有色、有光有影、有舞有秀、有爱有味，聚齐了能够刺激人们视觉、听觉和味觉的各种元素，挖掘组合了南湖中最大限度满足游客需求的大部分资源，流光溢彩、游人如织，名列全国120个国家级夜间文化和旅游消费聚集区名单。

南湖之夜，美轮美奂。除了欣赏光影水舞秀大型激光音乐喷泉和山体上不时变幻的灯光秀之外。沿着龙山拾级而上，可欣赏"龙阁望月"的壮观美景，登临山顶远眺夜间城市的万家灯火，感慨基业长青的百年开滦，俯瞰粼粼湖面的灵动游船，聆听如织游人的欢声笑语，感受世俗生活的平实美好。踏上灿若星河的滨湖栈道，远眺光影水舞秀和龙山夜景，任谁都会忍不住掏出手机记录

凤凰图

下这一美好的景象。

南湖之夜，奇妙梦幻。植物风情馆"万象森林"夜场是国内首创的森林实景沉浸式互动多媒体景区，实现了幻影灯光、千种植物和5D全息互动，用光影打造了一座神秘美丽、充满奇幻色彩的森林秘境，带来一场别开生面的视觉盛宴，吸引了男女老少前往一探究竟。皮影

龙阁望月

乐园也在今夏适时推出了夜场票，动物主题幻野灯光秀和剧场演出为炎炎夏日带来一抹清凉。

南湖之夜，喧嚣热烈。植物风情馆东侧有着"约会时光"主题餐咖，系本城规模最大、规格最高、娱乐设施最全的轰趴馆，新鲜、刺激、创意，入门就像打开了一扇新世界的大门，吸引了众多的年轻人在此就餐、玩乐、团建，设计时尚、设施齐备为聚会好心情加分，也给南湖之夜增添了浓墨重彩的一笔。

南湖之夜，静谧盎然。中轴线广场和观景平台的旷达、辽阔，中和了鼎沸人声，使整个南湖的主旋律仍呈现静谧之姿。游走于植物园的婆娑树影，恋人尽可以窃窃私语。踏上橘红色的步道，自由呼吸吐纳，吐出的是生活的烦恼，纳入的是生活的愉悦。侧耳倾听，除了景区轻柔的背景音乐和草虫呢喃，更是渲染出一派静谧氛围。

南湖之夜，和谐幸福。市民广场上、南湖文化建筑集群间的空地上，奔跑玩闹的垂髫小儿，脚踩轮滑的追风少年，自弹自唱的街头艺人，载歌载舞的大爷大妈……每个人的脸上都写满了幸福，每个人都有着美好的南湖之夜独特体会。

# 南湖浪涌景生辉

  南湖的九湖五岛三山，涵盖了一百多平方千米的土地，从地理概念上看，首先是核心景区（世园会）举办地，然后依次向南发散开去。南湖由世园会始，扩展到四面八方，成为城市向南发展，向海洋发展的支点，进而演变成了政务服务平台、文化中兴之地、市民娱乐所在，乃至京津冀游客集散中心。

# 城市中心公园寻踪

如果说小南湖公园是城市中央公园的话，那么，以青龙泽为核心的大南湖区域，因其是一块对城市环境质量、居民休闲生活、城市景观和生物多样性保护有直接影响的绿地，且基本具备了城市郊野公园的主要功能和特征，所以称其为城市郊野公园并不为过。

南湖是城乡的有机链接，距离市中心繁华地段——唐山百货大楼和万达广场商圈仅900米，沿着紧邻南湖的建设南路往南行进，跨过南部七滦线铁路就是王家河村的大片湖面和丰南区下辖的广阔农村。随着城镇化建设步伐的加快，丰南稻地镇所属的一些乡村也已划入市中心路南区，2022年整个丰南区也列入唐山市主城区。

郊野公园内部生态丰富多样，拥有大片的森林、草地、湿地和湖泊，有30余种植物，130余种鸟类，20余种鱼类。拥有强大的城市绿肺作用，强大的制氧、碳中和、过滤水质等涵养生态作用，在北方城市中实属罕见。

郊野公园所在的大南湖区域具有一定规模且有效的占地空间，整个片区严控建筑总量，建筑物占地低于总面积的5%，有效降低了建筑密度。这一点，到过大南湖的朋友们，放眼望去自然会了然于胸。

郊野公园整体设计简约而不简单，空间布局合理。道路分设了慢行道、自行车道，布置了如"宪法宣传广场""审计广场"等满足组织一定规模主题活动的空间，路边和服务区设置了木凳、长椅、茶桌；在南部和东南部配套了航空俱乐部、垂钓园、足球场等休闲健身场所；青龙泽南岸考虑到了观鸟人的爱好，建设了观鸟栈道和观鸟平台，设计处处让人感受到人性化的温度。

整个景区具有适当的开放度、开阔度，同时安保系统周密。青龙泽沿岸悉数使

南湖晨曲

用栅网维护，以防行人落水；道路通透自由，又具备良好的照明、监控设施；为确保堤岸的稳定性和安全性，自开发建设以来，曾经三次垫高路基；配备巡警警车巡视，便于处置突发事件，为游人特别是妇女、儿童的安全提供了可靠保障；全域禁止燃油机动车和私家车驶入，虽然对环青龙泽沿线的茶岛、

鸟语林

鸟岛、游船码头等业态的经营造成了一定程度的影响，但保障了步行和骑行游客的人身安全，特别利好行动较为迟缓的中老年人和活泼好动的少年儿童。

青龙泽水天一色，风物秀色可餐。岸柳婆娑的沿湖大道，绕树翔空的灵动飞鸟，曲折蜿蜒的湖中栈道，一望无际的成片芦苇，无不令人流连忘返。芦荻飞雪，正是南湖的一大美景。南湖兴建初始，便开始在绵延数千米的湖畔崖边广植芦荻，久之便形成了广阔的芦苇生态湿地，构成了一幅湖水清清、芦苇荡荡、群鸟来栖、野趣天成的优美画卷。一根根柔弱的芦苇，生于水中，毅然承担起了这座城市赋予它的生态重任。

# 紫天鹅庄觅迹

经由地震遗址公园南侧道路，可前往游览紫天鹅酒店和紫天鹅庄酒店，但人们往往搞不清楚二者的区别，这里为大家做个简单介绍。

以通往高尔夫球场东西向的道路为界，道路以南为紫天鹅酒店，以北为紫天鹅庄酒店。紫天鹅酒店由酒店和会议中心两部分构成，是由曹妃甸发展投资集团有限公司投资建设和运营管理的；而紫天鹅庄酒店则是由丰南融投发展集团开发建设和运营管理的，二者运营主体不同。相较于紫天鹅酒店，我个人更喜欢紫天鹅庄酒店。紫天鹅庄占地面积1300余亩，规模更大，有餐饮、客房、婚礼、婚房、接待会议、露营、钓台等多种业态可供选择，而且紫天鹅庄的环境更为贴近自然，自成一派天然幽远的秀丽庄园景致，

紫天鹅庄酒店（王志洁拍摄）

其中最令游人青睐的木屋别墅就集中在这个区域，我也常常流连忘返于此。

木屋建筑是紫天鹅庄的一大特色。其中规模最大的是酒店接待中心，整体面积达到4500平方米。建筑材质均选用天然木材，经过特殊技术处理，可防火、防腐、防潮，环保无污染，结构强度高，具有良好的抗震性能。并可在一定程度上吸收太阳光线，使室内拥有丰富的负氧离子，遏制病菌滋生，提高人体免疫力，让人居住其间身心舒爽。室内冬暖夏凉，居住体验好，舒适度高，透气性强，自然散发出木质清香，还渗透出古朴的文化气息，醇厚而典雅。每当雨季来临，木屋能自动吸附湿气，隔离潮气；旱季又会从自身的木细胞中释放出水分，起到天然的调节作用。因此，木屋享有"会呼吸的房屋"的美誉，非常适合人类居住。20多栋木屋别墅，或依湖而建，便于欣赏湖景；或静处林中，适合安然休闲。不但能够旅游度假短居，还可长租用于公司办公，每日身处其中，感受优美大气的酒店环境，也能体味雅趣情怀。

木屋别墅区的树木虽然极少古木，但都顾长挺拔，已成参天之势。即便矮些的也都冠大荫浓，蓬勃昂扬，生机盎然，层叠的叶片透露出唐山城区树木少有的清透碧绿感，使得紫天鹅庄负氧离子含量高，空气质量优质。这里的小径通幽，蜿蜒曲折，行走其间，不时有细碎的阳光透过斑驳树影洒落，越发衬托出庄园的幽深。小径旁的花儿或绝世而独立，大开大合、张扬明艳，如雍容华贵的绝代佳人，六宫粉黛无颜色；或犹抱琵琶半遮面，出尘脱俗、百媚千娇，像含苞待放的及笄少女，回眸一笑百媚生。木屋别墅散布在园区各

紫天鹅庄木屋别墅（王志洁拍摄）

处，不时在绿树繁花中泛出一抹古拙的红黄，现身出来，随着人们脚步的前进，又掩身于浓郁叠翠的绿涛之中。清晨于林下木栈道悠闲散步，木质路面被露水打得湿漉漉的，林深处不时有锦鸡惊飞，野兔奔走，呈现出的是城市里看不到的田园景致，野趣盎然。紫天鹅庄的东面是大片湖面，木质亲水栈道上设置了许多钓台，可约上三五好友垂钓，将所得交给厨房专业厨师加工，或租一栋别墅自己动手亲自下厨，既享钓鱼之乐，又品渔获之鲜，实乃人间幸事。

随着户外运动的兴起，露营作为一种短途旅行方式逐渐流行起来。目前，紫天鹅庄酒店已建起17个露营位。彩色的帐篷或天幕，绿色的草坪，蓝天白云，湖光潋滟，坐在露营台或观景八卦亭上，大人聊天，顽童嬉闹，这种畅享恣意的时光，不妨抽暇一试。这里不仅有网红打卡，还引来明星光顾。美食美酒亲友伴，水边垂钓好清闲。休闲露营家人乐，夜宿木屋梦香甜！值得一提的是，如果客人需要，酒店还可为前来露营的客人提供头枕休憩。

在紫天鹅庄举办婚礼或酒会也是一个不错的选择。酒店接待中心室可容纳500人同时用餐，基本能够满足一般婚宴需求，通过一座木桥，与接待中心南部的草坪相连。桥下是波光粼粼的荡漾湖水，踏上被游人足履打磨得珠圆玉润的精致木桥，眼前豁然开朗出现大片青青草坪，天气晴好，碧空万里，白云飘飘，唯美而浪漫。配备西式长桌和管弦乐队，可举办婚礼、酒会和舞会，一对对舞伴在柔软的草地上翩翩起舞，像极了一只只优雅的白天鹅。这里已经成为人们举办婚礼和派对的热门地点，每栋木屋别墅均有5～9个房间，针对婚礼客户，新人可以选择就近的别墅和房型布置为主题婚房，提前入住，避免了舟车劳顿的同时，节省了时间，还满足了迎娶出嫁中穿衣打扮等一切需求。亲朋好友、伴郎伴娘还可与新人比邻而居。夜晚，结伴行走于湖中的木质栈道上，共同庆祝一对新人即将告别单身时光，迎来幸福婚姻。月影湖景与阑珊灯影交相辉映，给众人留下幸福美好的回忆。

# 南湖茶语清香

一谈到饮茶、品茗，茶友们很容易先入为主联想到古朴的茶室，典雅私密的空间，浓郁的人文气息……有条件没条件的都要在自己的斗室或办公室中，哪怕只是隔开方寸天地，也要布置出一个满足自己雅好的空间。

香茗岛（茶岛）之春

于闹市之中，邀上三五知己，在一方诗意空间，润一口茶，醇厚圆润的茶香将烦恼滤尽。南湖中便有这样一个闻香品茗、喝茶聊天的好去处——茶岛，庭院别有洞天，绝非普通饮茶之地所能比拟。此岛原为南湖大道南部青龙泽中一小岛，在望海寺原址之上修建而成，与西北面的酒岛遥遥相望。岛上地势平缓，葱葱茏茏，绿树成荫，与之相连的堤岸约440米长，经桥梁连通到沿湖大道。

茶岛的每一处细节都展现了"禅茶一味"的精神，塑造了具有传统中国人文特色的经营理念；给各位茶文化发烧友们提供了一个可供休憩、交流的功能空间，同时可承办"琴茶、书茶、戏茶"等文化活动。来访此处的茶客，可能说不上谈笑有鸿儒，但基本应是往来无白丁。

其空间构成为传统中国院落式布置，由西中东部三座庭院组成，形成"园中园"的格局，即由建筑群中的六个单体建筑和若干段通廊围合出三个主题庭院。这三个主题庭院由西向东分别是"一壶真趣""禅茶一味""明心甘露"。

"一壶真趣"庭院，建筑较为复杂，整体设计具有独特风格，茶岛的部分办公区域也分布在此。北房88.44平方米，南房68.31平方米，西厢房39.6平方米，厨房75.24平方米，门房37.62平方米，大门10.8平方米，通廊201.42平方米，建筑群落通往茶岛码头的部分面积有26.4平方米。其北院巧妙地利用了原有地形，在临近青龙泽湖面的正面，修建了一个与地面齐平的水池，给人池中水面与湖面连为一体的视觉错觉。从庭院内踱步而出，顿觉豁然开朗、水天一色，在保证私密性和开放性基础上，形成了既有矛盾统一，又有鲜明对比，令人耳目一新的设计感。"禅茶一味"庭院主体建筑215.03平方米，是茶岛的中心庭院，是将由白沙、景石、汀步、修竹和青石等元素打造出的禅宗庭

香茗岛（茶岛）之冬

院与精舍组合，成为饮茶的极佳居所。"明心甘露"庭院相对前两者较小，分为南北两房，南房88.92平方米、北房65.37平方米。

茶岛中茶座的内部布置巧妙，全独立的私密茶室包厢清新、典雅、安静，散座之间的有效距离也能保证客人的相对私密性，折叠屏风还能让空间的大小任意转换切割，是三五好友品茗解语或进行商务洽谈的好去处。

# 南湖酒香馔美

在南湖有一座为人熟知却略显神秘的酒岛，毗邻南湖大道南侧、龙泉寺以东、凤凰台西南。该岛占地面积13320平方米，建筑面积3000平方米。其实酒岛还有个雅致的名字——邀月岛。"邀月"二字取自李白《独酌四首·其一》中的"举杯邀明月"，暗合该岛的酒韵文

酒岛客房部

化；古龙在武侠小说《绝代双骄》中塑造的武林绝世冷美人邀月形象，又为此岛增添了高冷气息。南湖诸岛，如"鸟岛""鱼岛""戏岛""茶岛""酒岛"等，在开发建设之前，名副其实真有其岛并赋名的仅"邀月"一岛。此岛北面是十亩荷塘，西面是"邀月湖"，与青龙泽连接，岛上有"邀月亭"。每到夜晚，月影倒映湖面，与岛上各处的明暗氛围灯光交相映和，风情和雅致让人的心情如湖边摇曳的柳枝，随风飘摇，别有一番滋味在心头。此刻把酒赏月，挥毫泼墨，以文会友，以酒传情，岂不快哉！

"唐山"一名，与唐代或五代十国的后唐有着密不可分的关系，"唐"分含量很高。据民间传说，唐太宗李世民两次东征高丽，屯兵于大城山，赐山唐姓，又一说据《滦州志》记载，后唐李嗣源曾屯兵大城山，山以唐名，后一种说法似乎更为可靠。从南湖大道右转上岛，有一座桥，名为"天宝三孔桥"，天宝来自唐玄宗李隆基的年号。王勃在《滕王阁序》云"物华天宝，龙光射牛斗之墟"，"天宝"意为天然的珍宝，与

财富有关。越过这座桥登岛，能把酒言欢、能湖畔赏月、能结交高朋，似乎离财富又近一步，登岛似乎又有了特别的含义。

当初大南湖开发建设时，某私营企业响应政府号召，兴建或恢复了该岛包括邀月亭、天宝三孔桥、一栋欧陆

酒岛木屋包厢

风情二层小楼和两组中西合璧风格的木屋别墅等各项基础设施，建筑形制精巧秀气、细腻精致。招待客房和办公用房均安置在二层小楼中，客房共十三间，其中有一间套房、十二间普通客房；一楼是可以组织会议或举办宴会的会客大厅；楼顶的露台可供客人饮酒赏景，户外宴饮。此岛东西南三面环湖，湖境天成，视野开阔，湖面清风徐徐，岛上光影婆娑，令人坐享岁月静好。岛上点缀了以月为主题的诗词歌赋装饰，繁简有度，含蓄蕴藉；邀月亭旁的露天音乐酒吧还播放着与月有关的背景音乐，低柔回荡，"月光下的凤尾竹"美妙典雅，更使这座岛充满了宁馨雅致的风情。

此岛处于闹市而无车马喧嚣，疫情过后，这里迎来了消费爆发式增长。在南湖众多酒店餐饮业态中，酒岛属于私人会所性质，定位高端人群，内设精品私房菜、红酒庄，就餐环境高贵典雅，红酒品类齐全，需要提前预约包厢进行消费，可以较好地保障服务品质和客人的私密性。而选择这里的客人，都是情怀和能力兼备的人士。从湖景房中醒来，可坐在"邀月亭"上撒饵甩竿，一享垂钓之乐；亦可划一叶扁舟，穿行于十亩荷塘，在船上看风景，成为岸边写生、摄影爱好者眼中的风景；绿草茵茵的婚礼草坪连接延伸到湖中的亲水平台，可为新人打造浪漫梦幻、灵动的草地婚礼，又为婚礼增添了几许灵动；波光粼粼的清冽湖水和岸边婀娜多姿的依依垂柳，更是令人心向往之；静享私密的空间和浓烈醇香的美酒，是品酒、会友的珍贵社交场所。

# 马术俱乐部管窥

马术起源于原始人类的生产劳动过程。公元前680年，古代奥运会便设有马车比赛。中国的马术亦具有悠久的历史，兴于周代，盛于唐代。现代马术运动始于欧洲。1900年，在第二届巴黎奥运会中马术被列为正式比赛项目。时间来到2022年7月29日下午3点，天气预报最高气温35℃，南湖骏森马术俱乐部马场的地表温度实际达到了50多度。炎炎夏日，暑气熏蒸，一位骑手穿着严实的护具和马靴，戴着骑手头盔，头顶烈日坚持在马场驯马。他一边顺时针遛马，一边放着手里的缰绳。随着缰绳越放越长，马与他身体的半径距离也越来越大，马速由开始的慢慢遛走信马由缰，直加速到如过隙白驹。驰骋了若干圈后，刘坤逐渐把缰绳往自己怀里收，引导马离他越来越近，速度自然而然地降了下来，直到把马拉回自己身边。马不停打着响鼻，渐渐驻足。少顷，又改为逆时针，重复着这套动作。训练完成后，他伸出手，探了探马脖颈上的汗水，随即俯下身把只有马背一半高的女儿抱上了马背，拍了一下马屁股，让八岁的女儿开始马术练习。

骑手向我们介绍，马术是一种人与动物共同完成的比赛，需要骑手和马经过多年的配合训练，在赛场上展现优雅、胆量、敏捷和速度。马术运动分为马场马术和障碍马术两种。马场马术是一切马术运动的基础，主要是为了和谐发展马匹的体能，让马匹能够温和、轻松、镇定听从骑士的指令，表演出各种复杂完美的动作以及变化步法。障碍马术又称为自然马术，主要启发马匹跑、跳的本能，人马一体是所有骑士追求的终极目标。学习骑乘马匹（先勿论马术）要从马厩开始，学会打理马匹，包括刷马，检查清理马蹄等，还要学习自己备马。这样做有三大好处：一

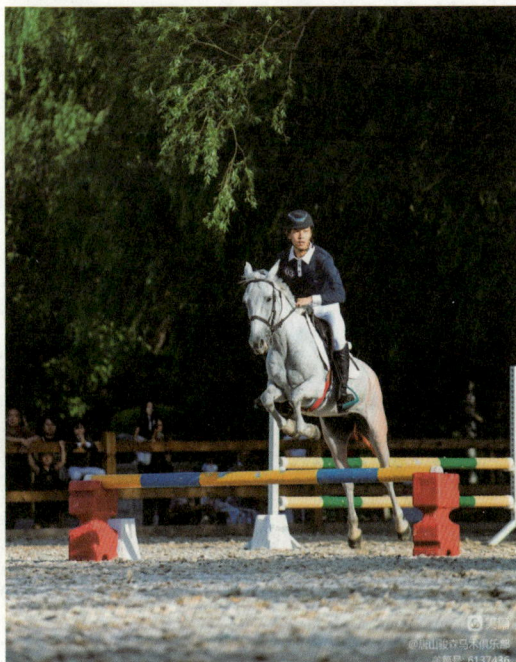

英姿飒爽

是通过备鞍可以了解马的一些特点，如通过给马上衔铁可以观察马牙齿的生长状况，试着去判断马的年龄或健康状况；二是备马是骑手和马匹最直接的一个交流渠道，能增进骑手和马匹之间的相互了解，增加骑手骑乘的信心；三是自己备马，对于马匹肚带的松紧、马镫的长短、马匹受衔情况等做到心中有数，可以做到及时检查和扎紧马肚带，合理调整马镫，减少骑乘时的危险。

南湖马场的位置优越，东面紧挨桃花潭环线，南面是南湖十八景之一的"鱼跃柳堤"，西面是朝晖岛，西北面是游船码头。这里视野开阔、游客如织，经常有游客前来咨询报名，主打未成年人和年轻人群业务。骏森马术俱乐部有专门的饲养员和专业教练，备有马匹，也售卖装具和服装。爱好骑术的骑手有的自己备马，平时放在俱乐部由专业人士打理。但是，由于受各方面因素的限制，大部分骑手在练习骑乘和马术时，一般会选用俱乐部提供的马匹。俱乐部的马匹一般都价格不菲，随着人们生活水平的提高，许多人把孩子送到这里训练，一些女青年尤爱这种运动。骏森马术俱乐部也经常选拔优秀的骑手参加各种马术比赛，并取得了不错的成绩。

# 碧水鱼禽图

南湖九水相衔，五岛微耸。春有灼灼桃花，夏有婀娜荷莲，秋有摇曳芦荻，冬有银装铺陈。野鸭嬉戏，鸟啭啼莺，怀芳储华，城中一泓，揽江南秀丽锦色，拥绿水青山奇境，是鱼、鸟栖息和繁衍的乐园。

生态护岸

鱼和鸟儿的生存生长离不开优良的水质。南湖有三大水系引清冲浊做保障，令南湖水成为适宜水生植物与动物生长的三级水。青龙河水净化处理后中水还湖；开滦唐山矿井下疏干水置换；陡河水季节性补水。充分利用生物净化功能，在桃花潭、青龙泽等处遍植芦苇、

南湖观鱼点

香蒲、荷莲等水生植物，吸附净化水体。同时，湖面也由最初的1.5平方千米扩展为11.5平方千米，使鱼类和飞禽有了更广阔的生存空间。为了有利于鱼类、鸟类的繁衍和生存，南湖采用了国内罕见的生态护岸，乃清华大学的一项专利技术，用干枯的树桩和树枝作为护岸材料，不用水泥和砖石，对水面没有污染，也有利于鱼类洄游。同时，为了不让人类惊扰这些水生动物，在大南湖青龙泽等湖面四周拉起了防护围网。

南湖之水，可谓无处不有鱼，生活着红鲤鱼、黑鲤鱼、草鱼、麦穗鱼、小虾、贝类等几十种水族。锦鳞岛为南湖五岛中最大的岛，特辟为鱼岛，观鱼、赏鱼和钓鱼三位一体；还可去桃花潭的鱼跃柳堤观赏数量最众的锦鲤；也可到曲栈清荷或塑木栈道，那腾起片片水花的湖面下便是成群的鱼儿嬉戏，大有锦鲤藏

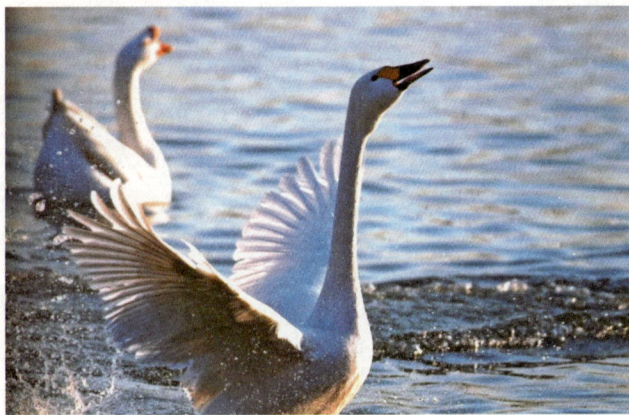

大天鹅

荷香绕岛影之乐。如亲鱼，则可至大南湖中的沉水廊道，扶老携幼，在水面撒下鱼食，鱼跃龙门即刻呈现眼前，水花四溅，甚是好看。

南湖的鸟儿中，有几万只野鸭、鸥鸟，还有60余种野生鸟类，如鸳鸯、灰鹤、白鹭、黑天鹅、白天鹅、红嘴鸥、白腰草鹬、戴胜等在此安家落户，生儿育女。为了吸引大批的野生鸟类来此聚集，特辟翔翎岛为鸟岛，给野生鸟类提供了一个集中栖息的场所。还开辟天鹅湖成为白天鹅、黑天鹅自然栖息湖。

大千世界，鸟为精灵。因为有了鸟儿，南湖才如此美妙，如腾水而起之舞者，似湖心飞起之音符，使南湖充满了爱，湖面满溢着翼族含饴弄孙、舐犊之情。精灵们选择了

南湖，南湖也成了幸福仙境。也因了这精灵、这仙境，才引来社会各界的观鸟者，扛长枪短炮，纷至沓来，虽蓬头垢面，仍不辞辛苦。南湖好人性化啊，特设观鸟区域、赏鸟楼，让人们把幸福定格在镜头里。

# 南湖人间花事

谈及南湖的花草树木，可谓百般红紫斗芳菲，人们在茶郁无边、草长莺飞中流连忘返、涤荡心灵，暗香浮动、疏影横斜间谈情说爱、双宿双栖。爱情的种子似乎特别适合在南湖的四时草木中慢慢萌芽，随着爱意的不断增长，种子将逐渐成长、壮大，将两个人的心盘根错节交织在一起。

男女之间靠什么相互吸引？有的靠相貌、身材、穿着等外在的东西；有的凭气质、性格、品性等优秀的内涵，取决于一方是不是有"这一个"，另一方是不是喜欢"这一个"。用市场经济术语解释，就是需求与供给双方的点能否恰如其分地耦合在一起。随着社会经济发展的不断进步，人们的婚恋条件和标准在不断提高，异性之间耦合效应产生良好效果的难度越来越大，突出反映在人们恋爱和结婚的年龄越来越大，青年男女对另一半的要求越来越挑剔。

其实，大可不必为此忧心忡忡。南湖中满园的繁枝嫩蕊，通常都是"艳花不香，香花不艳"，但也未曾耽误花开花谢四季轮回。诚然，这是物种进化的结果。对植物来说，鲜花的色彩和香味是用来引诱昆虫传授花粉的手段。而昆虫有的单认颜色，有的只闻花香，所以，鲜花只需满足识色、辨香要求中的一种，就能够传播花粉，繁衍后代了。也就是说，艳丽的花朵凭借美丽，素雅的花朵单靠芳香，就能招蜂引蝶。岁月极美，在于它必然地流逝，心若沉浮，浅笑安然，你若盛开，蝴蝶自来。

现时的青年男女，却一般用红玫瑰表达爱情，实为西风东渐的结果。而在中国传统文化中，丁香花是爱情的象征。古人把丁香花花蕾称为"丁

桃之夭夭

136

香结"，指其花简而细长，未开时似绾了个精致的绳结，喻指婉转纠结的心事。唐代诗人李商隐《代赠》诗曰："楼上黄昏欲望休，玉梯横绝月如钩。芭蕉不展丁香结，同向春风各自愁。"以未展开的芭蕉比喻男子，缄结的丁香比喻女子，暗喻男女异地同心，都化为不能与情人相见的愁苦。另一位诗人陆龟蒙也有诗曰："江上悠悠人不问，十年云外醉中身。殷勤解却丁香结，纵放繁枝散诞春。"写诗人心情抑郁，随着酒醒后的顿悟，心中的"丁香结"也慢慢打开，曾经烦闷的心绪也如丁香纤巧柔软的枝条一般舒展开来。我国云南德昂族和傣族民众，每到丁香花盛开之时都要举行传统的"采花节"，青年男女采摘丁香花送给自

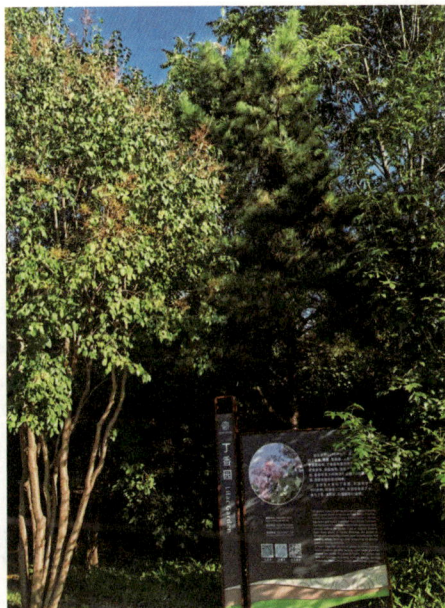

丁香园

己的恋人，表示以丁香为"结"，彼此对爱情忠贞不渝。南湖中紫色的丁香花正像诗中为情含忧的姑娘，散发着幽香，优雅地绽放。如果花也有记忆的话，安静又热烈的丁香花一定聆听着来来往往的红男绿女们互吐衷肠，见证过一场场人世间或朴素或繁华的爱情。

# 高球运动启蒙

某日，住在我前楼的侄女有急事，匆匆将双胞胎小丫儿托付给我和老伴儿。我随即开上车，带上一老二小去往南湖高尔夫球场遛娃。

夫江始出于岷山，其源可以滥觞。南湖高尔夫球场可称为唐山市高尔夫球运动场所的滥觞之地，占地3000余亩，毗邻市中心，在本城可谓独一无二。绿草如茵直达天际，湖水清洌状似天境，果岭蜿蜒如绿浪起伏，构成了一幅静谧安逸的田园风光油画。擅长庖厨的老伴儿细细端详着眼前的草坪，发现每隔不远就有几株可以食用的美味曲菜隐藏其间。于是，要我跟她一起，领着两个小丫儿亦步亦趋采摘起来。不多时，球场的老总踱步而来，将我们一行四人引到一棵大树下乘凉，跟我闲话家常："大哥，一会儿我让

工作人员给您拿一袋曲菜，别自己费心了。"返程时，车后备箱里多了两大尼龙袋子野菜。事后我才知道，高尔夫球场所用草种是剪股颖，细嫩光滑，挺娇贵的。球场为了保证草坪不被破坏，会定期组织工作人员对间生的野草和杂草进行专业化清除，是不允许游人随意进入的，更不允许随意采挖野菜。

建设初期，这片区域和南湖大部分区域一样，堆积着200余万立方米生活垃圾和建筑垃圾，残存着若干由开滦唐山矿采煤沉降形成的大小水坑，荒草荆棘丛生，蚊蝇虫鼠横行。南湖的生态治理，不仅是政府的事，也是社会各界的事。有远见、有格局的民营企业，同样担负起了改善环境、造福民生的社会责任。2003年7月组建的唐山南湖国际高尔夫球俱乐部有限责任公司，开始对这片废弃地进行大规模治理和建设。在市规划局、园林局的指导下，公司分批清运走共200余万吨垃圾。又按照高尔夫球场的形制要求，用部分余土堆丘塑形，将散布在各处的十余个大小水坑扩充成两片湖面，运来大量熟土对湖面以外的区域进行全覆盖。然后按照高起点、高立意、高标准、高品质的要求，有计划、分步骤、逐区域实施大规模绿化，种植的树木包括6大类78个品种，总计30余万株，有白毛杨、金丝柳、白蜡、国槐、洋槐、龙爪槐、法桐、合欢、银杏、白玉兰、杜仲、油松、华山松、云杉和各种果树。草坪种植了剪股颖、早熟禾、高羊茅等草种，以及紫薇、月季、迎春、茶花、碧桃、珍珠梅等花卉。绿化总面积约300万平方米，区域绿化覆盖率达90%以上。这些绿植需要大量的水，为了节约水资源，球场对污水处理采用了自建中水站，实现了水循环利用。空调等设备也采用了水源热泵等环保设施。

与此同时，高薪聘请了享誉国际的原尼克劳斯旗下资深设计师乔·欧布材格倾心设计，建设成18洞国际标准的高尔夫球场，球道全长7136码，标准杆72杆。建有占地面积100亩，全长280码的练习场所。球场的驻场职业教练、推杆及切杆练习果岭一应俱全，拥有双层68个半封闭打位可供初学者练习。为了给球手的城际交流、比赛提供优质服务，球场配套服务设施设备齐全，建有休息室、更衣室、贵宾室，并设有北欧风情、环境优雅的咖啡厅和可供200人同时进餐的篷房餐厅。专卖店汇集了世界知名品牌，产品种类繁多，在提供优质球具装配的同时，还有专职教练进行专业咨询服务。

高尔夫球场运营初期内景

高尔夫球发烧友们对场地要求严苛、口味挑剔。这里优雅的环境和优质的服务，让他们在对各地球场的不断比较中选择了唐山，来到南湖，挥杆拼搏，并对球场交口称赞。尽管南湖高尔夫球场建设耗资巨大，回报周期长，但是并不搞急功近利，而是把重点放在提高唐山市民的生活质量和圈层品

高尔夫球场俯瞰图

位上，让人们心目中的贵族运动走入寻常百姓家。除了不断推出各种优惠活动，还积极深入到幼儿园和中小学，开展讲座和培训。现在的南湖高尔夫球场上，芳草萋萋，绿树掩映之中，经常能看到孩子们奋力挥杆的情景。

# 非遗场所觅影

非物质文化遗产是各族人民世代相传，并视为其文化遗产组成部分的各种传统文化表现形式，以及与传统文化表现形式相关的实物和场所，是一个国家和民族历史文化成就的重要标志，是优秀传统文化的重要组成部分。

号称"冀东三枝花"的评剧、乐亭大鼓和唐山皮影戏是唐山宝贵的非物质文化遗产，集中展示地点分布在南湖云凤岛、唐山园和平安扣剧场。另外皮影乐园顾名思义重点展示皮影，唐山宴西门的戏剧大舞台也每晚于人间烟火中做皮影、评剧等非遗项目集中展示。

评剧是汉族传统戏曲剧种之一，其他四种分别是京剧、豫剧、越剧和黄梅戏。清末，在河北滦县一带小曲"对口莲花落"的基础上形成。先是在河北农村流行，借由成兆才的庆春班落户唐山，逐渐走向京津。评剧名伶小白玉霜在上海演出时曾轰动上海滩，被誉为"评剧皇后"。说到评剧，不能不提到成兆才（1874—1929）。他生于直隶滦南县扒齿岗镇绳各庄村的一户农家，乃评剧创始人，近代杰出的剧作家，著名戏曲表

演艺术家。他整理、改编、创作了近百出评剧剧本，如《今古奇戏》《独占花魁》《杜十娘》《花为媒》《珍珠衫》《夜审周子芹》《王少安赶船》《杨三姐告状》等。他编写的剧目，表现了清末民初农村生活的某些侧面，反映了农民朴素的道德观念和对美好、友善、和睦

评剧《那年芳华》演出地云凤岛

家庭的向往，因而受到了观众的广泛欢迎。剧作构思大胆、复杂多变、切中时弊，能够引起观众共鸣，得到了剧作家梅兰芳、魏明伦先生的高度评价。新派评剧的代表人物有新凤霞、谷文月、赵丽蓉、魏荣元、马泰等。唐山评剧的代表人物为罗慧芹，也即云凤岛《那年芳华》的主演。唐山三大非遗项目中，以评剧受众最广，影响力最大。

乐亭大鼓是中国北方较有代表性的曲艺种类之一，是曲艺鼓书暨鼓曲形式。唱腔音乐为板腔体，曲调丰富多变。除有完整的慢板、流水板、快板和散板外，还有上字调和

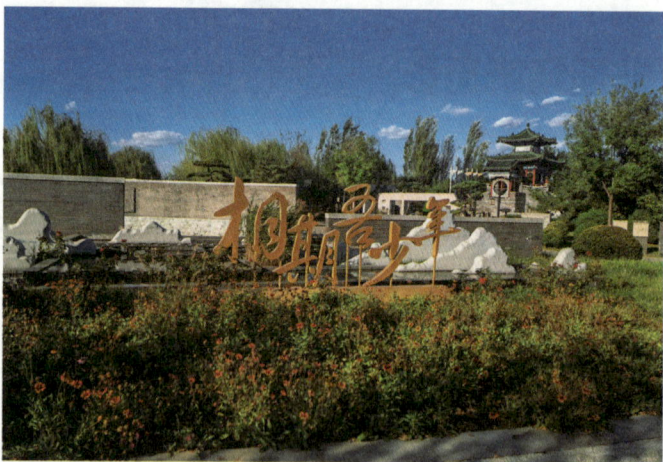

乐亭大鼓《相期吾少年》演出地唐山园

凡字调两种不同调性的往复转换与循环运用，板式变化十分灵活，代表曲目有《东汉》《隋唐》《三侠五义》《呼延庆打擂》《金陵府》等。主要流行于河北以东，北京、天津、东三省，乐亭大鼓的代表人物为靳文然（1912—1964），直隶滦县人（今河北滦南县奔城靳营村），又名靳质儒，中国曲艺家协会第一届理事，河北省曲艺家协会筹备委员会副主任，省政协委员，唐山市人大代表，唐山曲艺团团长。乐亭大鼓具有较高的文学性和深刻的思想性，对研究我国社会文明史、民俗文化史、音乐文化史都是极为珍贵的资料。

唐山皮影戏，又称滦州影、乐亭鼓、驴皮鼓，它以古代滦州（今河北滦县、乐亭、昌黎、滦南等地）为核心，广泛流行于冀东、京东、内蒙古和东三省等地。不过，皮影

戏并不为唐山独有，我国四川、湖北、湖南、山东、山西、青海、宁夏、陕西、云南、浙江等地和沙特阿拉伯、土耳其、伊朗、泰国、马来西亚、印度尼西亚、日本、英国、法国、德国、意大利、埃及等国也有皮影戏，不过是制作材料不同（如有的用水牛皮制作）、绘画雕刻风格不同罢了。因此，唐山三大非遗项目，皮影戏的影响力略小。

有一种现象不知读者们注意到没有，"冀东三枝花"均出自唐山这座沿海城市的沿海县份，其流行与推广也是由沿海走向内陆，进而走向黑土地。往日唐山沿海一带商业氛围浓厚，茶楼酒肆庙会众多，为文艺形式的丰富发展提供了坚实的经济基础，也为"冀东三枝花"的诞生、发展提供了丰厚的土壤。

# 唱念做打样样精

南湖的文艺演出，可划分为景区内和景区外两部分。

景区内的大型演出一般安排在晚间，演出内容固定，当属南湖名片级的大型演出有两台，一是云凤岛上的评剧《那年芳华》，一是世园会唐山园内的乐亭大鼓《相期吾少年》。

《那年芳华》整出剧目依托云凤亭、永盛茶园和清音阁等仿古建筑，打造人文景观风情舞台，以洋务运动催生唐山近代工业兴起与文化发展为背景，以20世纪初繁华的小山大世界和中国评剧第一个剧场——永盛茶园为原点，讲述了评剧创始人成兆才以及唐云龙、小凤等人在历史沉浮中对评剧艺术的坚守，突出展现了梨园人的家国情怀和情谊，描述出了评剧诞生、发展的社会、历史、人文脉络，生动诠释了唐山百年文脉源流的精神内涵，以荡气回肠的故事传承，展示和创新了唐山非物质文化遗产、"冀东三枝花"之一的评剧。

与之遥相呼应的

评剧《那年芳华》演出现场

《相期吾少年》，是首部红色主题沉浸式实景体验剧，剧名来源于唐山乐亭籍革命先驱李大钊先生"讨袁"名作《太平洋舟中咏感》。将乐亭大鼓和现代歌舞元素相融合，把李大钊先生与夫人赵纫兰相濡以沫、相携以行的家国大义，"铁肩担道义"的革命理想一一展现出来，激励着新时代的青年们莫负前人语，英雄出吾辈。通过多个不同场景和水幕投影、灯光、音响配合，移情易景，令游人沉浸在文化与炫美光影的艺术氛围之中。

此外，"丹凤朝阳"雕塑广场也经常承办大型演出活动。2024年正在紧锣密鼓筹划音乐情景剧《盛世唐城》，讲述的是唐王李世民与大唐曹妃的唯美动人爱情。文旅集团与河南卫视《武林风》栏目合作，把自由搏击和散打比赛引入南湖；疫情之后，2023年开始，南湖恢复了每逢重大节假日定期举办各色主题音乐会的活动，更是盛况空前；大型走秀、模特表演和由专业健身教练们引领的全民免费健身活动也经常在此举办。平安扣剧场是一处茶室型的演出场所，类似于现在唐山小山的万顺剧场，适合小规模聚会。

景区外的演出则规模、层次各异，形式更为多样。剧场演出有四处：唐山大剧院、南湖大剧院、工人文化宫演出区、群艺馆演出厅。庭院演出场所一处，即建设南路东侧的戏曲文化园中。其中，最负盛名的演出场所是唐山大剧院，由央企保利演艺集团负责运营和管理，满足了唐山观众的高端文艺演出需求，经常邀请国际、国内一流演出团体莅临表演，开滦离退休职工交响乐团也曾在此荣登舞台。南湖大剧院的表演主要由社会组织、民间团体、社会培训机构和厂企演出团体等承接。工人文化宫和群艺馆的演出区主要供各国有企事业单位、各社区文艺骨干排练和演出。老唐山风情小镇的庭院表演以票友聚会交流为主，如现在的益诚达设计院所在院落就偶有京剧和评剧演出活动。

另外，群众自娱自乐自发性的演出活动主要分布在市民文化广场、会展中心广场、大剧院、文化宫、图书馆、档案馆和群艺馆周边的空地上，以唐山退休人员为生力军组成的民间文艺团体为主。为了扩大影响力，各演出团体花样百出、争奇斗艳，如原唐山市歌舞团退休的老大哥老大姐们，有时会把擂台摆在唐山宴东门出口，由于演出水平确实高，吸引了游人食客纷纷停下脚步观看。萨克斯、黑管等西洋管弦乐爱好者则分散在大剧院东门和大南湖的些许僻静处，舒缓的曲调吸引了游人驻足聆听，令高雅音乐走近寻常百姓，与大自然浑然一体。

湖畔萨克斯老哥仨

年轻人似乎更乐意领风气之先，进行文艺先锋实验。舞台剧是一门综合艺术，不论从剧本创作，还是对导演、表演、舞美和灯光的要求，都十分严苛。一些志趣相投的唐山青年已经组建了本土业余剧社，打造了若干原创剧目，正在网络上招募同好，丰富了南湖的演艺文化形式。比如目前风头正盛的"铬喳剧社"，根植本土、贴近百姓，吸收培养了唐山戏剧爱好者，以及以大学生为主的创作、表演人才，展示了唐山特色文化艺术。

参加比赛去

# 地震遗址公园概要

1976年7月28日凌晨3时42分，一场7.8级毁灭性大地震袭击了具有百年历史、拥有百万人口的工业重镇唐山，造成24万余人死亡，16万多人重伤，7000多个家庭的成员全部震亡。唐山大地震灾情之重、损失之巨，为世界地震史上所罕见。唐山地震遗址纪念公园，于2008年4月开始兴建，同年7月初步建成开放。总占地面积40万平方米，总投资6亿元，是世界上首个以"纪念"为主题的地震遗址公园。2011年6月，地震遗址公园被列入"全国红色旅游经典景区"名录；2011年7月，被中国地震局授予"国家防震减灾科普教育示范基地"称号。

公园共分两部分：一是地震遗址公园，一是地震博物馆。其中地震遗址公园以原唐山机车车辆厂铁轨为纵轴，以园内纪念大道为横轴，主要建筑或设施包括遗址区、纪念墙、纪念水系、纪念碑和纪念林。

原设计的纪念墙为玻璃幕墙，但考虑到抗风荷载的安全性，改为一块块长方形花岗

唐山大地震遗址

岩板。墙高7.28米，寓意"7·28"大地震，墙厚3.42米，暗合地震发生时间，共分四段，总长度500米。墙面上用鎏金字镌刻着地震遇难者的名字，同时撰有纪念墙记一篇。纪念墙的雕刻者为书法家、篆刻家、文字雕刻家孟庆江。自从有了纪念墙，唐山人在除了原市中心抗震纪念碑广场之外，还

纪念墙

拥有了一处崭新宽阔的祭奠、凭吊地震罹难者的永久场所。每年清明节和"7·28"当天，人们纷纷来到纪念墙前，采用更为文明的方式，为逝去的亲友献上圣洁的鲜花和挽联。

纪念水系中，耸立着一组令人观之震撼的《国殇——唐山大地震纪念碑》雕塑，设计者为时任鲁迅美术学院雕塑系主任的霍波洋教授。雕塑主体设计采用巨大的几何叠落形式，产生的意象形成了压抑、痛苦的气氛，同样，雕塑也具有向上、向前的张力。雕塑于2011年末完成，总高14米、总长60米，主体采用钢挂花岗石石材，局部钢挂整石。高度达2.3米的50多个人物，由青铜塑造，具体而生动地描述了唐山人民期盼救援、奋力自救的生动

《国殇——唐山大地震纪念碑》雕塑

场面和悲恸的灾后情景，赋予了这座城市不屈的灵魂。

地震博物馆总建筑面积为1.2万平方米，分地下一层、地上一层，按功能划分，可分科普展厅和纪念展厅两部分。

科普展厅由地震科学、地震活动观测、地震灾害防御、地震紧急救援、地震活动体验、人类美好梦想等几个部分组成。

纪念展厅分为罕见震灾、抗震救灾、自救互救、重建家园、科学发展五部分，共展

出400多幅历史资料照片，600多件珍贵实物。博物馆出口摆放着中国地震局赠送给地震遗址公园的《地动仪》青铜雕塑，博物馆西侧则为原铁路机车车辆工厂的地震遗址区。

辑六　南湖浪涌景生辉

# 文化场馆集萃

　　单就南湖的文化场馆集群而言，说南湖是文化南湖，一点儿也不为过。何况，南湖的文化内容远不止这些表象，整个南湖本身就是文化的载体。

　　南湖景区外围的城市公共文体项目集群，主要集中在西部，包含一个大型文化广场（共八大文体设施）、三大特色酒店。一大文化广场指唐山文化广场，还包含图书馆、大剧院、群众艺术馆、档案馆、南湖国际会展中心、工人文化宫和唐山饮食文化博物馆（唐山宴）等七个单体建筑，是唐山市目前规模最大的文化产业项目。三大特色酒店包含铂尔曼酒店、会展大酒店、文旅酒店等三个风格各异的酒店群。

　　下面来详细说一说这八大文体设施。唐山文化广场位于学院南路东侧、市民文化广场西侧，占地面积31.47万平方米（472亩），总建筑面积28万平方米，广场及绿化铺装总面积11万平方米。唐山大剧院占地面积7.25万平方米（108.7亩），建筑面积6.7万平方米。地上五层，地下一层，由音乐厅和剧场两个观演功能场所复合而成，由1500座剧场和800座音乐厅、500座实验剧场和排练厅以及内部道路等附属配套工程组成。唐山图书馆占地面积3万平方米（45.4亩），建筑面积2.6万平方米。地上五层，地下一层，共设置2400个阅览座位，总藏书量达320万册。唐山档案馆占地面积1.96万平方米（29.4亩），建筑面积1.3万平方米。包括纸质档案库、声像档案库、唐山大地震专项档案库、珍贵档案特藏及阅览室、展览厅、报告厅等区域。唐山市群众艺术馆占地面积2.79万平方米（41.8亩），建筑面积1.2万平方米。地上四层，地下一层，包括剧场、非物质文化遗产展厅、戏剧活动厅、非遗活动厅、美术馆展厅、器乐活动厅、舞蹈

遥看新体育中心（贾丽娟拍摄）

145

活动厅及画室等。唐山市饮食文化博物馆占地面积1.48万平方米（22.2亩），建筑面积4.1万平方米。地上八层，地下一层，是文旅集团联合遵化市凯歌实业有限公司共同打造的一座综合唐山本地饮食文化特色的博物馆。此馆以建筑内街区的形式，为游客奉献了一场乡情绵长的"唐山宴"。南湖国际会展中心占地面积5.93万平方米（89亩），建筑面积9.2万平方米，曾成功举办过

老唐山风情小镇戏曲文化园

中国·中东欧国家地方领导人会议、第25届金鸡百花电影节、第十届中国·拉美企业家高峰会议等大型活动，是省内各类展会的首选之地。唐山市工人文化宫占地面积2.05万平方米（30.8亩），建筑面积2.1万平方米。地上六层，地下一层，包括多功能演出区、休闲健身区、文化活动区、球类活动区及其附属设施。

南湖的南部和东南部分布着城市足球主题酒店、城市足球公园、铁路源头博物馆、地震科普馆、文创小镇、高尔夫球场、紫天鹅庄、国际会展中心等文化、体育和旅游服务设施。南湖东部还坐落着唐山美术馆、南湖剧院以及老唐山风情小镇戏曲文化园等。老唐山风情小镇云集着唐山演艺集团、唐山市京剧团、唐山市评剧团、唐山市唐剧团等众多艺术团体。

南湖核心景区内则有平安扣剧场、云凤岛《那年芳华》实景演出、唐山园《相期吾少年》演出。南湖的"丹凤朝阳"广场更是举办大型演出和赛事的重要活动场地。游客们可以走进游客中心，选购具有鲜明唐山地域特色的精美文创产品留作纪念；或躲进猫的天空之城主题书店，喝喝咖啡，沉浸书香；或信步植物园和植物风情馆，在那里接受科普知识熏陶。

# 超级绿道始建成

  唐山的超级绿道,总长度36.7千米,分为两段,一段是在唐山开平花海景区内,长度7.53千米;另外一段是从开平花海至南湖这个区间,长度29.17千米,其中架空段8.2千米。通过建设景观桥的形式,跨越钢厂路、北新道、凤凰道、文化路、新华道、建设路和国防道等多条城市主干道,把开平花海、唐钢文化广场、大城山公园、唐山工业博物馆、培仁里文化街区、凤凰山公园、抗震纪念碑广场、大钊公园、唐山影视基地、南湖等多个城市公园、标志性建筑和景观串联在一起,把市区东部、中心区和南部最美好的东西呈现给广大市民,构建起从唐山开平花海到南湖之间的无干扰步行或骑行通道。

  由于南湖超级绿道线路长,我曾选择分地段、无缝隙地游走。当我随意步行在绿道之上,仰视身边的高楼大厦和枝头繁花,俯视脚下的车水马龙和熙攘人流,内心涌现出无限拥有感,仿佛我有巨大的能量,感受着大地和苍穹间的一切。当我换上运动装备,健走在步道之上,随着手机上的计步数字不停变换,显示我的配速和心率血压状况,那种对劳动者建设成果的享受,对改革开放成果转化而来的获得感、幸福感,让我深深满足并且陶醉。我也曾在不同地段,站在步道下,仰头观察飞虹一样的步道上或骑行或徒步的人们。绿道上骑着自行车一闪而过的少女,那飘起的衣袂像一抹浮云,身姿翩若惊鸿,婉若游龙,仿佛兮若轻云之蔽月,飘摇兮若流风之回雪,远而望之,皎若太阳升朝霞,迫而察之,灼若芙蕖出渌波。这种境界,真似"落

彩凤蹁跹悠游绿廊

落欲往，矫矫不群。猴山之鹤，华顶之云"。

在这条超级绿道中，南湖的跨线桥是整个项目中最早建成并投入使用的部分，由北大建筑与景观设计院院长俞孔坚亲自指导设计，在2019年9月开始建成使用。南湖跨线桥有两座：东桥、西桥，两座桥都可以直接通向大南湖区域。东桥架设在履坦桥上方，可通向南湖大道南侧的皮影乐园；西桥延伸到凤凰台门西侧，南部可通向大南湖中的宪法广场、审计广场和青龙泽。两桥总长1751米、宽5米，设有双向电瓶车道和人行道，主体为钢结构，造型设计融入了凤凰元素——凤凰羽毛的纹理，体现了唐山的城市特色。

# 南湖常涌健身潮

花美，美在绚丽；人美，美在健康。原开滦唐山矿工会主席赵海云早已步入古稀之年，其女在上海通用公司工作，热衷马拉松，他也深受影响，进而迷上了马拉松。他每天坚持在南湖橘红色步道上锻炼，年龄大了便改跑半马。考虑到老赵年龄大了，为方便照顾，女儿央求他去上海同住。赵海云思虑再三还是婉言谢绝了，理由是故土难离，而且唐山市中心有南湖，跑马拉松更方便。和赵海云一样，朝晖夕霞之间，大、小南湖橘红色步道上行走或奔跑着一个个精神抖擞、意气风发的运动爱好者。暮鼓晨钟，秋鸿春燕，蝶舞虫鸣，随着步伐的前进，有不时映入眼帘的湖光山色，有声声入耳的轻柔音乐，有志同道合的同好中人，有健康昂扬的积极心态，随光阴闲过隙，洗尽铅华始见金，褪去浮华归本真。

竞赛中的马拉松选手

几十米高的凤凰台、龙山和龟石山，虽名为山，实则海拔较低，坡度不大，同样适宜老年人安然攀登。龙山的登顶方式有三种，可以选择干净整洁的柏油路行进，或选择砌好的阶梯拾级而上，或穿行于散布草坪中的石板路。石板路隐匿于林荫之下，能够遮光避暑，特别适合在盛夏时节行走，且坡度较缓，也更适合行动较为缓慢的老年人。凤凰台只有一条柏油路，蜿蜒曲折类似盘山路，起到减缓坡度、令人全方位观赏美景之功效。但性子急躁的年轻人往往选择另辟捷径——直上直下攀爬，其间要经过多条宽而陡的泄洪沟渠，跨度较大，颇有些险峻之处。南湖有许多僻静所在，特别适宜打太极，如龙

骑行爱好者的天堂

山附岭游人稀少，其上的广场和西北角靠近花溪、周遭遍植灌木的硬化空地，以及植物园中许多小空地，都是能让人静心屏气、舒缓心情的好去处。北面的龟石山更是附近居民经常健身休闲的地方。

　　受南湖景区管理制度和安全因素的限制，一些需要专业器械或装备的运动大部分聚集在大南湖和景区西侧。青龙泽湖面大，环湖路距离远，公路赛车爱好者多选择在此骑行，一些长期健走的人也愿意在青龙泽环湖路上挑战自我。让人感到温暖的是，环湖路的行道树下设置了许多长椅供人们健身之余稍作休憩。南湖高尔夫球场是唐山市区唯一一处高尔夫球场，贵族化的高尔夫球运动也正趋于平民化，让更多的市民掌握了高尔夫球力量、技巧、礼仪和装备知识，丰富了人们的日常生活，拓宽了人们的视野，还吸引了远道而来的高球发烧友。木屋别墅区以西，铁路地道桥以东有可以让小伙子们释放激情与力量的三块足球练习场，待经验值积累到一定程度，可以尝试改道"两区"。

　　"两区一店"是南湖以足球为主体的主要项目。两区指足球公园、足球广场，一店指足球主题酒店，是国内首个足球主题综合项目。建有足球场地34块，其中11人制天然足球场12块，11人制人工草球场8块，5人制人工草球场12块，沙滩球场2块，既可以满足专业训练需求，也可以观赏全国乙级队以下的所有比赛。精英化的马术运动，由于马匹饲养所费不菲，专业化较强，持续消费金额较高，令大多数普通人望而却步、难以问津。然而随着人们收入水平的提高，南湖跑马场会员人数也在逐渐增多。龙泉

足球场上一较高下

湾的东南部，是唐山市水上运动基地，常年有皮划艇运动员和舢板运动员在此训练。大南湖也是放飞无人机和航模，钓鱼与摄影的最佳去处。

对于喜欢轮滑和广场舞的人们来说，市民文化广场和会展中心广场就是他们的广阔天地和宽阔舞台。吹拉弹唱的人们在这里不但陶冶了情操，还锻炼了心肺功能。丹凤朝阳广场东侧的"骁骑格斗进化营"和"智能运动驿站"为不喜欢户外运动的人们提供了室内运动的空间。全市规模最大的唐山新体育中心已于2023年1月1日正式开馆，它位于南湖景区一号门东北侧、新岳道以南、政通路两侧、卫国路以西区域。总占地面积258.3亩，建筑面积11.29万平方米，可举办地区性和全国性单项比赛。主体建筑由"一场两馆"组成，包括一座35000座席的400米标准田径体育场、一座6000座席的"冰篮一体"体育馆和一座2000座席的游泳馆。整体似张开的双手，曲线流动、自由舒展，充分体现了"上善若水，厚德载物"的设计理念。体育场由四片旋转铝板围合而成，在造型上突出飘逸流畅的现代感，强调体育运动的速度与力量。体育馆、游泳馆采用极具现代感的铝板流线型设计，起伏流畅，彰显现代优雅气质，项目荣获中国钢结构金奖、2022年中国建筑金属结构协会科学技术奖优秀奖、河北省结构优质工程奖等近30项国内外奖项。

连同南湖周边已有的南湖健身中心、南湖游泳馆、文化宫活动健身中心和球类活动区等，从景区内到景区外，从室内到户外，从单纯的体育健身活动到人们生活方式的转变，从人们身体健康到心理健康，都发生着极大的蜕变，标志着南湖的健康产业也和凤凰城一样，发生了根本性的嬗变。

# 欲把南湖比西湖

唐山南湖核心区总面积19.5平方千米，其中水域面积11.5平方千米，世园会景区面积5.4平方千米；杭州西湖总面积9.24平方千米，其中水域面积5.66平方千米，前者规模是后者的两倍以上。很多游客认为南湖除了"大"之外，是断然不可与西湖相提并论的，更何况西湖坐落于富贵温柔乡——杭州，有着深厚的人文底蕴，更加衬得南湖仿佛是那欲与西子一较高下的东施，徒有效颦之心，缺乏气质神韵作为支撑。

不错，西湖是国家5A级旅游景区，是世界上少有的几个以湖泊类列入世界历史文化遗产的景区之一。其历史绵长，遗留了许多古迹、传说。不得不承认仅有一百多年历史的唐山南湖，没有积淀下能与西湖媲美的如星河般灿烂的名胜古迹。但我要在此为唐山南湖张目。西湖和南湖分属于南北两种迥异的地域，各自拥有不同的地理环境和人文风貌，两个景区不可直接进行简单粗暴的对比。如果非要比较，就要从根儿上来讲。西湖实乃老天爷赏饭吃，大美皆因浑然天成，现如今的西湖基本上是原始地貌，展现在世人面前的若干

龙泉湾风起云涌（贾丽娟拍摄）

景观，是随着千百年时间推移逐步积淀完善起来的。而唐山南湖则是少部分依托了天然资质，比如丰富的地下煤炭资源和开采煤炭导致的地下水涌出，更多的是在20世纪末开始用较短的时间人工斧凿而成，是典型的人工干预形成的美景，处处彰显着人与自然的和谐共处。杭州西湖和唐山南湖都有其人无我有的独特之处，前者是浓淡相宜的水墨丹青，后者是鬼斧神工的浓墨重彩。

我国自有文字记载以来，相当长一段时期是农业立国，形成了根植于黄河流域、长江流域和珠江三角洲流域的农业文明。清末的"洋务运动"使开滦煤矿成为"中国近代工业的摇篮"。由于开滦煤矿的兴起，唐山形成了包括钢铁、建材、铁路、交通运输等行业的较为完备的工业体系，成为中国近代工业的发源地，孕育了独具特色的工业文明。20世纪90年代开始，唐山南湖采煤沉降区经过数十年的生态修复，又成为工业文明向生态文明转化的一项重大成果、一个重要飞跃。在漫漫历史长河中，唐山南湖仅用一百多年的时间，成为中国农业文明、工业文明、生态文明迅速转化的交汇聚集之地，浓缩、发展、变化的速度如此之快，如电光石火一般让人目不暇接，快得几乎让人来不及认识和欣赏整个过程，这种跨越速度和高度举国罕见。所以，唐山南湖具有中国社会发展，特别是现代社会发展的典型性、资源型城市转型的示范性和大规模生态修复的唯一性。当我们展开生态修复的绚丽斑斓画卷，在惊艳和欣慰的同时，对每一个唐山人来说，内心也充满着骄傲和自豪。

# 开滦与南湖携手重生

　　南湖，是工业文明留下的伤疤；也是在生态文明的引领下，持之以恒坚持改变的信念凝结而成的勋章。一位诗人说过：由于采煤，唐山掏空了自己的胸膛，为社会贡献出了足够的光明和能量，也在自己身上留下了深深的"疮疤"。这个"疮疤"就是昔日的南湖采煤沉降地。智慧勤劳的唐山人民经过大规模生态修复，令"城市疮疤"愈合蝶变为"城市绿肺"，在废墟之上开出了芳香醉人的花朵，这朵来之不易的生态之花，就是今日的南湖生态城。

　　忆往昔峥嵘岁月，新中国煤炭工业技术进步自改革采煤方法开始，结合推行长壁采煤法，着手施行采煤工作面各工序的机械化。1953年12月，开滦在长壁工作面使用了深截式联合采煤机——苏联顿巴斯-1型康拜因，采煤工艺迈入了机械化时代。此后，又推行了水力化采煤，20世纪60年代，伟人饶有

中国近代工业活化石

兴趣地在北京参观了开滦煤矿水力化采煤展览。开滦在特殊年代，更突显中流砥柱的作用，直面重重困难，为支撑处于困境中的国民经济，为保钢铁、为保发电、为保大城市供应，付出了极为艰苦的努力。1968年和1973年，国家总理曾两次表扬开滦为国家"出了力，救了急，立了功"。20世纪70年代，煤炭工业要走"老矿挖潜、革新、改造"的路子，唐山矿领风气之先率先实现改革。1974年11月，唐山矿5351工作面（位置在今大南湖区域）进行综合机械化采煤获得成功，成为我国第一个综采工作面，标志着中国煤炭工业迈入现代化的综机时代。1978年9月19日，访问朝鲜归来的中央领导同志路过唐山，亲自视察了唐山矿液压支架厂，说："大庆的经验要学，开滦经验也要学，开滦老矿挖潜、改造、翻番，效率1.6吨，比全国平均高一倍，肯定是好经验。"

　　在震惊世界的唐山大地震中，开滦人也创造了一个又一个奇迹。1976年7月28日凌晨3点42分，唐山发生了7.8级大地震，震中烈度高达11度。在震灾中，罹难的开滦职工

百里矿区（郑娜提供照片）

有6579名，重伤2153名，开滦工业建筑和附属生活建筑几乎全部倒塌，井上井下系统受到极为严重的破坏，造成所有生产矿井被淹停产。震后不久，开滦职工战胜各种困难，千方百计早出煤、多出煤。震后第10天，马家沟矿率先生产出了第一批煤；同年10月1日，唐山矿恢复出煤，其余各矿也相继全面恢复原煤和洗精煤生产。从地震当天算起，仅用了一年零五个月的时间，十万名开滦矿工用钢铁般的意志创造了人类抗灾史上的奇迹。

从20世纪末开始，开滦敏锐捕捉到国家政策和产业政策的变化，学习德国鲁尔经验，积极探索资源型企业转型之路，在大力兴办煤化工产业，推动洗选加工业、延伸产业链、提高经济效益的同时，大力推行非煤产业的发展。为了保护耕地，保护生态，积极探索建筑物下开采和井下充填的新技术、新手段，为了减少污染和浪费，优化配置煤矸石等副产品资源，或配煤供发电，或制砖做成新型建材，或制成洁净煤，让其发挥更大效能，更好地造福人类。

国家的工业建设还需要唐山继续掏空自己的胸膛，曾经在中国近代工业历史上创造了无数个第一的开滦人，仍然义无反顾地续写着南湖的辉煌。拥有155年历史的开滦唐山矿，在2023年完成了原煤和精煤生产任务的同时，正在探索减沉式开采的新方法；依靠优越的地理位置，努力融入建国路唐山城市原点建设；依靠悠久的历史和遗迹，融入南湖·开滦国家矿山公园5A级建设；依靠老矿新区产能顽强的生命力，融入南湖和城市的新生和传承，从一个企业的实践来印证城市精神——涅槃新生。

# 南湖管理与服务

　　既然唐山南湖是唐山人的会客厅、京津冀游客的打卡地，管理方面自有其独到之处。从南湖的种种细微处可以看出，南湖的各项管理措施无不体现出以人为本的服务理念。游客从入园到游玩的服务无不舒适、便捷，可以说南湖的管理和服务更为直观有力地引领了整个唐山旅游产业管理和服务的跨越式升级。

# 南湖导向系统梳理

大南湖面积大，人们喜欢骑行游览。小南湖9.15千米的慢行步道，成为人们行走健身、举行马拉松比赛或悠闲踱步的最佳路径，而步道上每隔50米设立的距离标志，步道两侧普及健步走消耗热量指标、铁艺健身牌板等也在烘托着热烈的运动气氛，让人情不自禁地想要运动起来，朝着健康出发。横跨大小南湖的绿色超级步道，不仅起到联通作用，也是观景赏景的好去处。茶余饭后，嗅花香，观飞鸟，优哉游哉，岂不乐哉？

自退休后，有了大把自由时间的我将南湖上上下下里里外外走了几遍，翻阅了浩如烟海数不胜数的纸质和电子版资料，细枝末节事无巨细不敢说了然于胸，也可以说闭着眼能解说出个大概，自诩"老南湖"也不算为过。不过，"老南湖"修炼未成时也曾办过一件糗事。2018年国庆节后南湖重新开放，由于那几年公事繁忙，有近三年的时间未有闲暇游览南湖。一日晚间，终得忙里偷闲逛南湖。正当我大脑放空，信步于龙山附近的三岔路口之时，两个学生模样的小姑娘向我走来，懵懵懂懂问我去建设路该怎么走。我一时真被她俩给问蒙了，挠挠头，略微思索，信手朝桃花潭方向指去，就此别过。转念一想，她俩一定是想去建设路赶公交车，在当时那个位置，应该指给她俩植物园东门或植物风情馆大门才是最便捷的路，真是错啊！我反思指错了路的原因有三：一是久未涉足南湖，原有的记忆早已模糊不清；二是南湖日新月异，三年中变化天翻地覆；三是被夜间南湖流光溢彩霓虹海，火树银花不夜天迷住了眼。可回过头去，那俩孩子已走得无影无踪，真是连个修正的机会都不给我。

初来乍到的外地游客，如果仅靠自己漫无目的步行，确实容易在南湖迷路。一来南湖面积太大，又被各式各样的道路、水体、植被和景观分割成几大群落，实在是乱花渐欲迷人眼；二来园区并非方方正正，从地图上可见，以南湖大道为

植物园区域导览图

标杆，东西向道路是斜的，园区外西侧的道路也不直，容易令人辨认不清方向；三来南湖的路大多是围山、绕湖而建，而方山或口湖非常鲜见，南湖的山和湖也毫不例外呈现为圆形或椭圆形，岔路众多，游人极易晃悠半天又回到原点。

此时南湖导向系统标识的作用就显得尤为重要了。南湖导向系统标识一共分为三级。南湖内的24个公共卫生间大体设在服务区或一二类导引标识附近。一级导向标识又叫全景牌，设置在主出入口处，它提供的是全景区的综合旅游服务信息及周边公共信息。信息的内容包括：一是全园的平面图，如公园的出口、服务设施的位置、景点位置、医疗点、紧急避难场所、报警

超级绿道导引图

点、投诉电话等；二是公园的概况介绍、景点介绍；三是街区平面图，提供公园周边公交车站信息。二级导向标识又叫服务设施引导牌，一般设置在道路交叉口，提供公园平面图、景点、公共卫生间以及服务设施信息等。信息的内容包括：一是景点导向；二是服务设施导向；三是车站导向。三级导向标识又叫位置标牌，设置在服务设施、景点、警告提示、说明等其他需要设置的位置，它的信息一般包括：一是景点介绍；二是位置标志、服务说明类标识、警告提示类标识、文化宣传类标识；三是其他标志。

我建议的游法是将南湖看成网格状，分区域游览。如某天仅从桃花潭入口进入，环桃花潭一周，顺次游遍龟石山、湖畔炙轩、朝晖岛、莲藕雕塑、马场等处回到原点出园；次日便从植物园门进入，再整体游植物园；最后，再汇总、梳理和系统化游玩路径。如此这般，微观与宏观兼得，凡此种种不胜枚举，既游得透，又轻松惬意。

# 南湖核心交通精粹

　　"一轴、三线、三环、八园"的景观结构，是南湖核心景区规划的基点和原则。为了便于游客根据自己的喜好和状态，有选择性地进行游览，一级路串联园区主轴及联通各个入口，道路宽度为9米；二级路为园区和游览路线。

　　景区内禁止私家车，包括电动车、自行车、滑板车等入内，但是允许婴儿车和残疾人轮椅进入。所有交通车辆全部采用新能源，以确保环保低碳。在交通组织上，通过提供电瓶车、自行车、黄包车、步行道等多种交通工具和设施，强调交通的快捷性与游览体验的多样性。

　　将电瓶车交通线路及站点分布为主旅游路系统，沿主轴形成环线，线路长度约5千米，全线共设置6处站点，平均站点间距约825米。站点设置数字智能化触屏，游客如想约车，抬手可及，非常方便。沿湖线环龙泉湾和桃花潭约4.1千米，全线共设置5处站点，平均站点间距约800米；植物园线沿植物园设置，线路长度约为1.4千米，设置站点1处，平均站点间距约为700米。电瓶车站点一般设在服务区。核心景区设一级服务区8个，服务半径400米；二级服务区10个，服务半径250米；设有服务半径200米和150米的三四级服务区若干个。2023年，景区添置了带有助力系统的人力黄包车，游客扫完码即

电动游览车停靠站

可扮演一次"祥子"。园区还将添置和提供黄包车当作弘扬孝文化的嵌入点，许多青年人携老人游园时，都喜欢让老人坐在车上，自己拉车尽孝，场面十分感人。

　　同时，在公共区域内设置大、小不一样的空间节点以保障内外交通的合理串联、多种交通方式转换的顺畅，并构建清晰的指示系统，形成"快旅慢游"的交

通体验。此外，在遵循"行人优先、人车分离、人车和谐"的原则下，注重将慢行步道系统与电瓶车、自行车、黄包车相结合，并与外围城市公交站、码头等相连接（如凤凰台门外是公交站点，门内是电瓶车、自行车停放点和游船码头），以期

南湖脚踏电动车

通过推动低碳生活模式让人们感受美好世园。塑胶步道约9.15千米，无塑胶步道随处而至。而后期兴建的凌空飞架的超级绿廊步道，则把大、小南湖和整个城市旅游有序联结在了一起。景区内配备了多种交通设施：观光电瓶车32辆、观光小火车9辆、伴游机器人45辆、观光自行车100辆及游船47艘等。（2021年数据）共设置码头6处，以满足游客水上游览的需求。其中，桃花潭两个，龙泉湾三个（东码头附近设置了唐山市水上运动训练基地），贯通水系一个。现在，随着景区人流量的增加，也添置了许多交通工具。

核心景区设置了"一主五副"共六个出入口，即一个重要出入口和五个辅助出入口，门区附近还相应配置了展会期间的外部停车场和内部停车场。外部停车场占地规模约为76公顷，大巴及公共交通约占40%，面积约为31公顷，可解决700辆车停放问题，自驾车和出租车停车场占60%，占地面积约45公顷，可供11250辆车停用。在中门区内也有临时外部停车场，供特殊情况停放车辆使用。内部停车场占地规模约为6公顷。世园会后，由于人、车流量减少，为了盘活土地资源，一些停车场现已改作他用。出入园区门也做了调整。

# 南湖智能管理分析

南湖的各个入口引入了智能门禁系统，大大提高了游客入园效率，并使得游客的人身安全得到了有效保障。在门口的智能机器旁刷脸后，后台系统会即刻显示该人是本日入园的第几位游客及建园以来的第N位游客。该系统能自动辨别游客来自哪里，进而统计出哪个地区的游客入园最多，并分析出各个入口进园游客数量的排名。再将上述

湖畔里智能门禁系统

数据与旅游酒店及其他相关系统对接做画像分析，以此掌握游客的消费、游玩、娱乐习惯和购买意愿等，从而提升旅游管理水平和旅游服务水平。截至2023年夏的数据，按照地域分析进入南湖的游客来源，唐山地区的游客排在第一位，其次是北京，第三是天津，其他则来自唐山市周边市域和东北等地。通过以上数据可知，来南湖的外地游客主要来自京津地区，因此，旅游管理和服务部门就要有针对性地对京津市场采取精准适宜的市场营销策略。

南湖的智慧旅游管理平台主要包括三个系统：运行监测系统、安全监测系统和视频汇聚系统。旅游与大数据的融合，呆板的数字里也蕴含着巨大的价值。运行监测系统通过采集自银联、运营商、OTA等数据，对旅游消费（在景区及与旅游相关的所有扫码消费都包括在内）、游客来源、景区运行、旅游舆情、品牌形象、游客画像分析六方面实施全面监测。将这些旅游信息数据整合成旅游大数据，通过加工处理和深度挖掘，了解旅游行业的市场动态、游客消费行为、旅游企业运行状况，从而驱动旅游业进入新蓝海。安全监测系统发挥作用，重点通过在南湖的每条旅游线路旁都安装了治安报警系统；在景观景点、建筑和易燃易爆处均设置了消防安全监测和预警系统；在凤凰台（原垃圾山）设置了沼气监测系统。这些系统都和全市旅游服务平台中的安全监测系统连接，一旦出现问题或发生突发性事件就会在第一时间反馈给平台。视频汇聚系统在南湖景区所有的旅游线路、景观景点、景观建筑、旅游服务设施、服务区等处安装了视频监控，这些视频内容不仅汇聚于南湖内部，同时汇入全市旅游服务平台，既让上级旅游监管部门随时掌握南湖景区实时状况，又便于南湖景区管理人员实时监控景区客流量和重大活动的客流量，合理调配

智慧管理中心

客流，防止客流量暴增出现意外。

除了南湖景区建立的这三个系统外，通过手机登录唐山智慧旅游服务平台，利用手绘地图的功能，不仅能尽览南湖的美景美色、各种设施和工具使用价格、游乐项目的消费价格，还可以通过线上商城购买瓷器、海产品、特色食品、特色农产品和文创产品等。

# 南湖环保理念宣贯

游南湖，不仅能观赏南湖生态治理成果，也可以享受到随良好生态接踵而来的福祉。南湖的每一个细节里，无不昭示着生态和环保理念。

南湖禁止焚烧垃圾，所有垃圾要么就地处理，转化为液肥或固体肥料，反哺南湖；要么做成浮岛、浮床或是驳岸护坡，从哪里来，到哪里去。为了让环保理念深入人心，南湖在垃圾桶外侧植入了环保宣传内容，时刻向南来北往的游客昭示垃圾的危害：塑胶制品，永远不能分解；玻璃罐，需要1000年才能分解；铝罐，需要500年才能分

垃圾分类集中投放点（作者手机拍摄）

解；锡罐，需要50年才能分解；皮革，需要50年以上才能分解；尼龙织品，需要30—40年才能分解；塑料袋，需要20—30年才能分解；1粒纽扣电池，可污染60万升水（相当于一个人一生的用水量）；1节1号电池，使1平方米的土地失去利用价值。还能从垃圾桶的宣传招贴上得知垃圾是放错了地方的资源：1吨废塑料，可回炼600公斤的无铅汽油和柴油；1吨塑料饮料瓶，可获得0.7吨二级原料；1吨废钢铁，可提炼钢材900千克，相当于节约了3吨矿石；1吨废玻璃，可生产一块篮球场那么大面积的平板玻璃，可生产2万只盛装500克水的玻璃瓶；1吨废纸，可再造700公斤好纸，可少砍伐树龄30年的树木20棵，比等量生产减少污染74%；100万吨废弃食物，可节约36万吨饲料用谷物，可生产45000吨以上的猪肉……

太阳能储能路灯

南湖采用绿色能源，在照明方面运用绿色环保的太阳能，已建成的大、小南湖23千米长的环湖景观公路两侧，安装了462盏太阳能路灯。所有餐饮禁用明火，有一个细节可能很多游客都没有注意到，不论是湖畔里、湖畔往事的餐饮业态，还是服务区餐饮类型，不论是日本园一心怀石料理，还是德国园慕尼黑啤酒屋，抑或西部园吊脚楼中"峨眉山月茶楼"的正宗火锅等，不是冷餐，就是使用电力烹饪，这无疑大大降低了燃烧矿石或石油类燃料排放废气污染环境的可能。提倡游客采用绿色交通方式游南湖。禁止任何社会车辆入园（残疾人轮椅除外），为游客提供了多种新能源交通设施，包括观光小火车、伴游机器人、观光车和游船等全部采用电瓶驱动，实现了智能化操作，另有100辆脚踏车任由游客扫码骑行。2023年，还增添了人力黄包车。园区为漫步游客提供了桃花潭环线、龙山环线、龙泉湾环线和植物园环线四条总长9.15千米的环线步道。大南湖围绕青龙泽铺设了绿色环保环湖塑胶步道，一直延伸到东部通往高尔夫球场的十字路口。

## 南湖安全无小事

整个南湖生态城建设，始终把安全问题摆在首位。正是建设者们先期付出了许许多多的努力，才能够让踏入南湖的游客始终沉浸在幸福和谐、其乐融融的祥和氛围中。具体可分为以下几大方面。

地质稳定安全。为了确保南湖生态城建设的科学性，在生态城规划建设之初，中国地震局、煤炭科学研究总院等权威机构就对南部采煤沉陷地的地质构造以及潜在的危险性进行了缜密的分析和研究，对南湖生态城开发建设进行了科学论证，确定了正常规划区、限高区和禁建区。在具体项目建设中，完全遵循科学论证意见和要求，每个项目开工前均聘请专业机构对开发地进行安全评测，深入测量分析，为工程建设提供了科学依据。在开滦集团、煤科院等单位的大力支持下，完成了《南湖蓄水对地质条件影响的评估报告》。专家们对南湖蓄水的安全性给予了充分肯定，编制了《采煤沉降及稳定性评价报告》，实现了对南湖核心区地质评估的全覆盖。同时，安装了采沉区地表及建筑变形监测系统，对地表沉降、建筑物高度和水平位移实行24小时动态监测，确保了建筑安全、设施安全和游人安全。

南湖路边自动报警装置

景观节点安全。垃圾山生态修复的过程一是采取"堵"的技术，即在山体相对平整后充填客土，使垃圾山不再裸露，"堵"断遇刮风天气垃圾漫天飞扬的通路；二是采取"固"的技术，即对松软山体打钻注浆，以固化山体，防止局部地区垮塌；三是采取"疏"的技术，即在覆盖的同时，解决因生活垃圾发热产生的以沼气为主的废气（这种废气积聚极易引发燃烧爆炸问题），科学设置排气井和排气管道，有效保证垃圾山的物理化学状态稳定；四是采取"导"的技术，山体四周铺垫了胶层，将多年积累发酵生成的沥液导入处理系统，以防沥液渗入地下，污染地下水。在建设市民广场之前，率先启动了刘庄煤矿竖井回填工程。不仅仅是封堵，还特意邀请开滦集团的专业队伍对立井井筒及周边注浆，目的是形成阻水稳定塞，为南湖生态城周边地质安全和开滦唐山矿的安全生产提供有力保证。

设施建设安全。先期开放的南湖城市中央生态公园就已经设立了应急避险场地；在后期建设中预留了广场和大量的疏林浅草，以及建设了宽敞的通道；在重要景观节点安装了消防监控系统和避雷系统；道路两侧安装了醒目的报警系统；

桃花潭安全文化长廊及避难广场

为确保景区的交通安全，禁止一切社会车辆（包括电动车、自行车）入园，在各个服务区，专门设立了医务室或急救站，准备了相关的急救用品和药品。

宣传教育安全。景区广播不停插播安全提示，开办了许多避灾防灾专栏、安全展牌等。景区同时制定了诸如雨雪天、地质灾害、消防、意外伤亡、道路交通、重大活动等的预案并经常加以演练。

治安管理安全。专门组建了南湖公安分局，在南湖内专设了公安派出所，在重要的或枢纽性的景观节点及服务区，设立了治安岗亭，警车24小时不断在景区内巡逻。

细心的市民和游客可能会发现，每逢天降大雨，景区公众号就会发布临时关闭景区的信息。这是因为，青龙河是市区行洪的主渠道，即使不下雨，每天水量就已达到8000多吨，一下雨，大量的雨水就会排入景区湖中，有时，湖水浸溢。同时，南湖地势为东高西低，东西两边高，中间低，容易积水，为了确保游客的安全，景区不得不采取临时关闭措施。

# 南湖保洁新矛盾

从事物业管理20多年，我经常嘲讽自己是"上辈子作孽，这辈子物业"。不是对职业本身感到自卑，而是深感物业管理有太多掣肘为难之处，套用一句话，其主要矛盾在于"人民日益增长的美好生活需要和不均衡不充分发展的个人素质之间的矛盾"。这一主要矛盾突出表现在物业保洁上，南湖的保洁同样也存在这一问题。

旅游景区的物业保洁标准依景区级别而定，规则比小区、工厂和商业保洁甚至比写字楼更加严苛。以南湖为例，世园会举办前，要求物业公司必须具备国家一级物业资质，必须承办过国际性展会、比赛等大型活动，如奥运会、上海世博会之类。当年具备国家一级物业

水体保洁

资质的公司全国仅有十家；而承办过奥运会和上海世博会之类大型国际性展会活动的公司全国也仅有一两家，这意味着许多物业公司在资质这个门槛上就无法过关。这也是我代表开滦集团，争取世园会保洁项目时不得不举白旗挂免战牌的重要原因

水面保洁

之一，而挂靠在一级物业公司名下又达不到成本要求。

由于南湖不仅有陆地保洁、园区设备设施和室内保洁，更有水域保洁，这就要求承接物业保洁项目的公司需要若干名从业人员持有潜水员资格证。偌大个唐山市能有多少人持有这种证件？保洁的标准非常严苛，考核的项目非常之多。比如所有的座椅、护栏、围栏、石桌、报警器、售卖亭、候车亭、导引牌、垃圾桶、消防、宣传展示等设施，戴上白手套用手擦拭不能脏，更不能有土；洗手间的洗手台、地面不能有水渍、尿渍；园区内方圆10平方米范围内不能出现三处如烟头、果皮、擦手纸之类的垃圾，否则遇有投诉、暗访和检查，一经核实确认，景区就要被降级。南湖里经常举办大型活动，每逢双休日或节假日，光影水舞秀、大型文艺演出、音乐会等热门的景观、景点或活动更是游人如织、川流不息，这就导致保洁人员必须实行走动式或流动式服务，进行不间断地动态保洁。负责水域保洁的员工，不仅要负责打捞清理湖面的杂物和水底的垃圾，还担负着溺水、投水人员的救援任务，工作量十分繁重。

南湖的保洁不仅保持了南湖环境的洁、净、美，而且还提高了一批人的职业素养，提升了人们的文明程度，开阔了人们的视野。在南湖周边稻地、岳各庄、梁家屯、王家河等村庄，为因南湖开发建设而失去土地的农民安排了就业。经过培训上岗后让他们从事南湖的保洁工作，使他们接受企业化的管理和严格的考核，有了稳定的收入。更重要的是使失地农民有了组织，参与了社会管理，增长了见识，从而间接影响了一个个作为社会基本单位的家庭，对稳定社会秩序大有裨益。

南湖的洁、净、美反过来又极大地感染着入园游览的市民和游客。环境改变人，身处如诗如画的环境中，满眼湖光山色，又有谁舍得肆意破坏这绝佳的环境？现在，已经很少有人随地扔垃圾了，经常见到的是人们捏着用过的纸巾或零食袋，四处找寻垃圾桶。更少见前边保洁，后面破坏的场面了。

旧的矛盾在南湖得到了初步解决，新的冲突和矛盾又出现了。桃花潭两岸的芦苇长

得很快，野鸭躲进里边筑巢。为清理水草和游船航道，水面保洁人员需要把长疯了的芦苇去掉一些，遭到一些动物保护人士的反对和制止，乃至投诉，理由是不利于野鸭的繁衍。塑木栈道的护栏上有时会结成蛛网，蛛网上会粘上许多昆虫，引得鸟儿竞相啄食。保洁人员要清理蛛网，又遭到环保主义者、生态主义者的制止和反对，理由是破坏了生物链条，小鸟没得吃了……

各位看官，这种新矛盾、新冲突脱离了原来的环境维护者和环境破坏者之间的低层次行为，是在形成维护良好环境的共识基础之上形成了一个新的矛盾和冲突。在某种程度上，也从侧面反映了唐山市民文明程度有了新的提升和飞跃。随着"花儿该在哪里开，鱼儿该在哪里游"的共识达成后，环境和市民的融合会更加紧密。

## 南湖文创产品

南湖的文创产品，主要集中在游客接待中心和龙山环路东北面的旗舰店。

按规模、规格、品质内容和品种，南湖文创产品属游客中心为最。这是因为，旗舰店里的一般商品大多在游客中心都有展示和销售；而游客中心的文创产品旗舰店里却不一定有。因此，仅选择游客中心里展示和售卖的产品或服务做一介绍，在某种程度上便可窥见全貌。

进入游客中心，迎面一块巨大的LED屏上，滚动播放着新唐山的建设成就、南湖景区风光、《那年芳华》和《相期吾少年》的演出片段。进门后的西侧右手边，是造型优雅大方的宣传展台展板，主要宣传和展示的是唐山的骨质瓷。展板正面"当代官窑、国瓷瑰宝"八个大字，概括了红玫瑰骨质瓷在中国陶瓷界的地位。展板的背面展示的是香港、澳门回归大典用瓷和官邸用瓷，以及2016年G20杭州峰会用瓷。整个游客中心的西区为

红玫瑰骨质瓷展位

文创产品展示售卖区。这个区域又划分为互动区和展示区。在互动区，游客或挥毫题字，或泼墨作画，或定制有特点、富于个性的骨质瓷产品。展示区的商品琳琅满目，以骨质瓷为主，但也布置了七八个杂项展台，摆放着南湖邮政明信片、南湖景区绘本，以及各种材质的景

特色文创产品

区徽章、胸针、长信宫灯、领带夹、包包、手账本、笔和玩具、开滦老股票套装、龙号机车模型，印有唐山方言的T恤、帽子、围巾等特色周边。

在南湖所有的文创产品中，最值得推崇的就是红玫瑰骨质瓷了。骨质瓷，称为骨瓷，又称骨灰瓷，始于英国，19世纪初试验成功，基本工艺是以动物的骨灰、黏土、长石和石英为原料，经过高温素烧和低温釉烧两次烧制而成。骨质瓷与其他瓷器有两个方面的显著区别：一是骨炭含量超过36%；二是须经过素烧和釉烧两次烧制，其成品具有透光性，方能称之为骨质瓷。骨质瓷因其瓷质细腻通透，器型美观典雅，釉面润泽如玉，花面多姿多彩，白度高、透明度好，有了"薄如纸、白如玉、明如镜、声如磬"的美称。1973年，中国第一件骨质瓷在唐山诞生，因瓷身泛绿，被称为"绿宝石"。1982年，实现了成瓷由绿变白，结束了中国不能生产骨质瓷的历史。1990年2月22日晚，在北京举办的首届中国涉外旅游饭店设备用品展评会上，唐山第一瓷厂厂长葛士林向国家领导人专门介绍了骨质瓷产品。2005年，唐山在国内又率先研制出无铅骨质瓷，彻底解决了陶瓷含铅的难题，是中国骨质瓷发展史上的里程碑。将骨质瓷尊为唐山文创产品之首，实至名归。

红玫瑰骨质瓷梵高小屋

在2003年9月，河北省召开旅游发展产业大会之前，对游客中心进行了升级改

167

造，开辟了南湖·开滦邮局专区，设置了绿色邮筒，陈列特色明信片供游客实时寄出。在文创产品区域中心地带增设了水吧，出售饮品和简餐，方便游客出行就餐。特别值得提到的有两点：一是单独辟出红玫瑰骨质瓷产品专区分类重点展示，内容有我国骨质瓷发展史、北京冬奥会国宴用瓷、精美餐具茶具和梵高画作系列杯具等；二是仿照梵高卧室装饰搭建了一座小屋，内部投影幕布上循环播放着梵高知名作品，并运用了著名的画作麦田元素，展示印有梵高画作的骨质瓷马克杯，名作"星月夜""盛开的杏花"和"向日葵"等作品均有所呈现。

为了吸引各年龄游客，还增加了塑料拼插积木、纸质拼插工程机械、金属拼插立体建筑和吉祥物手办等玩具。

# 赞美与思考

　　南湖的涅槃从拆迁和生态治理开始，取得的重大成果，赢得了各级领导、广大市民和社会各界的赞誉，赢得了京津冀等地游客和全国诸多矿山企业的艳美。但是，如何巩固现有成果，防止生态治理效果出现反弹，是摆在所有唐山人面前的共同课题；如何挖掘和弘扬传统文化，并赋予其符合新时代发展的新内涵，也是当代唐山人义不容辞的责任。

# 南湖变迁组歌

参与南湖西北片区拆迁的各级党委、政府的工作人员以及乡、街（村）干部，每每提起拆迁期间日日夜夜的艰苦工作，无不感慨万千。时任路南区人民政府办公室主任的侯树立，以饱含深情的笔触、朴实无华的语言、十个章节的组歌，概括了拆迁的全过程。从这一系列组歌中，或可窥见这段拆迁历史的全貌。

## 一、大决策

大南湖，新路南，大拆迁，谱新篇。

湖光山色已初现，村庄旧貌须改观。

污泥浊水不平路，住房紧张苦不堪。

市委英明来决策，南湖西岸大拆迁。

幸福工程民为本，百姓疾苦挂心间。

唐山三年大变样，幸福指数大升攀。

## 二、做准备

天下难，是拆迁。做准备，是关键。

成立拆迁指挥部，各路大军勇向前。

市委领导亲挂帅，市直部门都支援。

摸底调查数十次，拆迁方案几经翻。

回迁移位难度大，"百分之四"[①]得周全。

方案来之真不易，征求民意数不完。

工作人员摩拳掌，学习培训整三天。

万事俱备百舸待，只等令发齐向前。

---

[①] 政府考虑到南部几个村搬迁不愿往南迁移的特殊情况，将补偿比例提高了4%。

凤凰台治理初期雪景（赵刚拍摄）

## 三、大动员

天破晓，金鸡鸣，吹号角，动员令。

拆迁工作最为重，全区上下齐动员。

区委领导发指令，政府领导亲历行。

动之以理齐振奋，晓之以情声共鸣。

标语张贴十七里，六吨②纸张透浓情。

凤落梧桐会有时，腐朽神奇指日成。

百姓由惊转为喜，齐夸党是大救星。

## 四、初战告捷

严冬夜，总难明。天上星，难数清。

寒夜披星签协议，一望无际队成龙。

扶老携幼人潮涌，配合拆迁一股绳。

日签协议近千份，凌晨拼到次日明。

深夜入户做工作，和风细雨润无声。

消除疑虑快行动，党心民心相映红。

---

② 南湖西北片区搬迁，采用标语、文件等形式大张旗鼓宣传，所用纸张达到6吨。

## 五、挑战冰天雪地

雪飞舞，战旗红。天寒彻，人有情。
笑傲严寒红旗展，冰天雪地不怕难。
冻伤双脚不下线，身体摔伤志更坚。
为了百姓遂心愿，昼夜奋战不畏寒。
动迁村民八千户，民生之本高于天。

## 六、慰问

路漫漫，征程远。来慰问，暖心间。
前线将士齐奋战，披荆斩棘大动迁。
马达轰鸣飞尘埃，断瓦残垣望无边。
茅屋秋风不复在，誓得广厦千万间。
领导寒夜来慰问，再为拆迁把力添。
献上热茶严冬暖，抖去征尘不畏难。
社会各界齐夸赞，幸福工作万民欢。

## 七、党徽闪光在一线

数九天，望星空。繁星缀，月朦胧。
党徽发光红似火，牢记宗旨在心中。

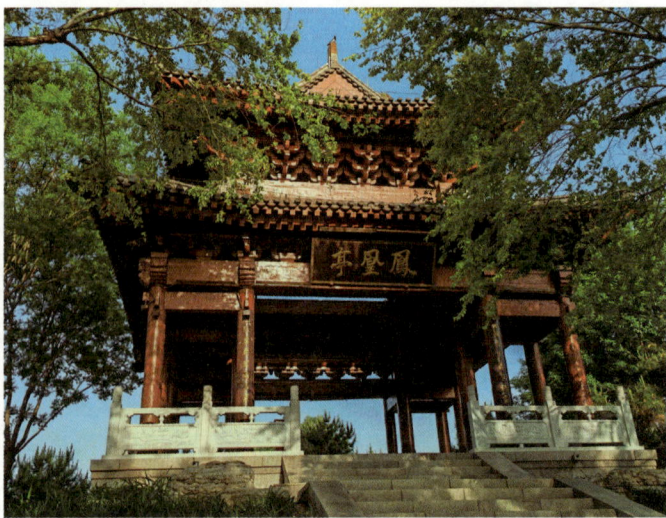

凤凰台上凤凰亭

全心全意为人民，拆迁一线显神通。
舍却小家为大家，人人都是急先锋。
一日三餐无定时，方便食品把饥充。
家中留有老和小，早出晚归不相逢。
积劳成疾晕现场，打完点滴又出征。
平凡之人钢铁汉，党徽闪耀映繁星。

## 八、和谐拆迁创奇迹

泣鬼神，天地动。讲和谐，不落空。
拆迁政策顺民意，回迁安置顾民生。
思想发动深而广，工作环节细又明。
广大群众齐响应，主动配合建奇功。
工作措施民为本，照顾病弱鱼水情。
一为大家找房源，十室早有九室空。
二为老人送温暖，党的关怀记心中。
三把纠纷来调解，锦旗照得满堂红。
拆迁八千③无上访，和谐社会典范成。
十几村落渐无存，互砾汪洋访旧踪。

迷人的高球场（高球俱乐部提供）

---

③ 南湖西北片区搬迁达到8000余户。

## 九、英雄战士苦为乐

战冰雪，斗严寒。笑苍穹，不低头。

时而饥肠响如鼓，时而冰寒侵肌肤。

个别群众不理解，受到委屈不倾诉。

深夜唯有寒星伴，不知疲倦不叫苦。

牛年岁尾天大寒，顶风冒雪不停步。

临近年关不征战，不达目的不罢休。

拆迁大军苦为乐，为民铺就幸福路。

## 十、大功告成

新春来，瑞雪飘。腊梅开，福气到。

史上空前大拆迁，不满一月喜讯到。

昔日平房荡无存，清墟车辆迎风啸。

残垣断壁化远山，一马平川换地貌。

百姓安居得其所，喜鹊枝头春意闹。

万众一心谋发展，幸福之都早来到。

感谢市委好领导，唐山处处传捷报。

# 南湖十六风物诗书

　　2020年10月5日，原唐山市诗词学会副会长兼秘书长、原唐山市《唐山诗词》主编郭旺周先生，根据南湖十六景观创作了十六首诗词。唐山市文化艺术发展促进会名誉主席、唐山艺联书画院院长、著名书法家吴连喜先生，用楷、草、隶、篆、行五种书体进行书写。两位艺术家联袂举办了一场书画展，在喜爱南湖、喜欢诗词书法的市民中引起了广泛的反响。作为南湖文化现象撷取，特抄录于此，以飨读者。序中曰：

　　唐山故土，生我养我之地。南湖旧址，少小戏水之所。往昔锅底，系掘煤之塌陷，境内水洼庞杂，蚊蝇滋生，流浮乱葬，鼠狗悍然。自大南湖开发肇始，移水乡到湖畔，仿江南至北燕。亭台楼阁，画廊水榭，十六景方成。乃偕同学旧友，吴氏

三洲合璧

连喜者一游，往昔忆中，美景目下，假观赏之激情，余行文，友泼墨，成此小作，戏祈联璧，余之愿也。

其一：异国风韵。巧引五洲厦，安排四海家。民风偕国色，一角筑奇葩。

其二：凤凰涅槃。凤起青堤翠柳收，垃圾山上好回眸。涅槃何处三洲起，尽在浮沤旧水头。

其三：曲栈清荷。曲曲折折傍水边，吱吱扭扭倚荷田。低低浅浅说情话，绿绿红红广角前。

其四：龙泉梵音。大唐风脉亮龙泉，一派梵音醒了天。钟磬敲得晨暮醉，民强国泰水云边。

其五：皇城禅道。一池潋滟荡三山，从此皇家更澹然。九曲长廊禅世界，耳边不在在心边。

其六：湖光幕影。喷泉升水幕，夜色起笙歌。故事烟云上，真情荡几何。

其七：鱼跃柳堤。玉桥绿柳卧长堤，倩影双双巧命题。霞庖谁人浅吟唱，天来诗句被莺啼。

其八：丹凤朝阳。一翅冲天起凤凰，翻飞上下抱朝阳。八狮拱卫巡燕北，从此涅槃护故邦。

其九：燕赵大观。慷慨一曲唱悲歌，燕赵遗篇猛士多。故事邯郸两千语，粼粼易水颂荆轲。

其十：玉盏承露。承露台前聚，欣欣现代风。清浅滴玉盏，醉了凤凰城。

其十一：桃园朝晖。隔潭放眼望桃林，一孔虹桥灿灿春。小岛花开遣流水，天涯到处问津人。

其十二：江南最忆。江南柳色岭南春，最忆花间细雨频。小巷翩翩乌伞过，梦摇一橹碎花人。

其十三：三洲合璧。三洲分璧绿回环，垂柳雕成水底天。别样西湖燕人巧，且将三岛做三潭。

其十四：凤簪凝香。香水桥头一玉簪，千只凤起绕云峦。登亭放眼南湖上，疑是江南又岭南。

其十五：评腔乐影。大鼓环盈落子声，青衣婉转影临屏。三枝花艳插云凤，老太咿呀醉客听。

其十六：龙阁望月。一阁朦胧一月升，满湖灯火满天星。泉喷歌起姮娥舞，丹凤冲霄晚卧龙。

# 南湖肺腑之"铭"

铭，释义之一为在器物上刻字，表示纪念。南湖有许多诗、赋、联，但是铭却只有一处，即雕刻在"丹凤朝阳"基座正后方的"丹凤朝阳铭"。它成为南湖景观中唯一一座集雕塑、铭文、书法于一体，艺术形式与情感融会贯通，留有独特文化印记的标志性景观建筑。

人所共知，雕塑上"丹凤朝阳"四字是韩美林所书。韩式书法，综合运用书、画的用笔之道，点、画既有绘画的成分，又有书法的元素，线条流畅、自然清新。有的点、画勾勾画画，大部分线条则呈圆弧状，很少出现直线。点、画之间相互关联，相互揖让，彼此顾盼，形成一种和谐、融洽的氛围，给人耳目一新的感觉。

为了铭记南湖落成，唐山市文联向社会各界广泛征集铭文，最终青年作家崔孟金的

《丹凤朝阳铭》

铭文在众多应征作品中脱颖而出。铭文以唐山城市重生见证人的视角，抒发了对家乡故土的热爱，对城市变迁的讴歌以及对唐山人文精神的独特情感。因此为南湖唯一铭文，特抄录如下：

　　凤凰鸣，梧桐生，波光潋，草木葱，绵延千余里，郁郁菊翁。两川溶溶，沁入湖中。九湖连襟，涓涓兮若流风之翠锦；五岛错落，灿灿兮若夜幕之繁星。曲径通幽，婉若游龙，长桥卧波，翩若霁虹。桂殿兰亭，列伏岛之体势；凤台耸翠，俯满城之繁荣。朝升霞蔚，彩彻区明；夜旋暖歌，灯影交映。春而赏之，百鸟翔集，锦鳞跃动；夏而察之，丰草绿缛，芙蕖异馥；秋而观之，天高日晶，佳木峥嵘；冬而望之，玉树凝脂，平湖如镜。万物生灵，共栖互荣，人与自然，和谐相生。以此胜境，建其功鼎。群凤舞而红日升，八狮拱而紫气腾。凤羽翔丹，瑞冲九霄。狮吼震碧，福纳八方。势如腾飞之凤城，历劫而重生，跨日而前行。纳天地之辉，凝万民之慧，谋科学发展，促城市转型。曹妃舒长袖，奏蓝色交响；西子舞蹁跹，绘江南美景。百姓祈福祉，民熙物昌盛。渤海明珠，生态新城，称雄华夏，荣耀寰瀛。躬逢盛世，为此赋铭，千秋记之，以昭后人。

　　铭文确定后，唐山市特邀湖南书法家贺京沙撰写铭文。贺京沙书法在业界独树一帜，尤为擅写长卷，他的书体被称为"贺氏道元体"。一段时期以来，被外交部、外交学会指定为国家领导人出访唯一书法礼品。他的作品先后赠送给了联合国前秘书长潘基文、美国前总统克林顿、奥巴马、美国前国务卿希拉里、基辛格，日本前首相鸠山由纪夫和韩国前总统李明博等各国政要以及一些商界领袖。

贺京沙创作《丹凤朝阳铭》

　　最初未曾实地涉足过唐山的贺京沙，头脑中唯有唐山大地震之后的满目疮痍和断壁残垣。然而，2012年第一次来唐的书法家便被唐山现代化的城市面貌和南湖的美丽景色震撼了，他说唐山"如此之好，是我没想到的"。欣喜之余让他忐忑的是创作之大不易。一是作品幅面大，要将铭文雕刻在长18.2米、高3米的丹凤朝阳雕塑正面基座上，这将是贺京沙题写的最大的雕刻作品。二是创作难度大。贺京沙翻阅了大量资料，不停游走于唐山各地，试图发现和捕捉创作灵感。几经周折，他终是抓到了唐山的灵魂和脉搏，为创作积蓄了内在的力量。最终决定按基座实体的三分之一创作作品，并周到地考虑和构思了横折的角度、字间距、节奏、留白等细微之处，在形式上着重运用枯笔和飞白的表现手法，将字的张力完美呈现。创作过程中，他凝心聚神、心无旁骛，385个字一气呵成，整幅作品气势磅礴，融会贯通，与唐山的人文精神形神合一，相得益彰。其书写的长卷原作现收藏于唐山博物馆。

# 唐山南湖植物园记

　　唐山植物园，在南湖景区中自成体系，本就是独立存在，乃南湖设计者匠心独具之作。其设计巧妙，无墙无栏、无遮无挡地与南湖其他景区完美融为一体，极大地丰富了南湖的园林景观。园内山水植物、亭台廊榭、书画楹联俱全，并有一"记"，乃现唐山市作家协会主席、著名红学家王家惠所撰，著名书法家韩英所书。此记因主题集中，内容详尽，气韵不凡，特抄录于此，以飨读者。

　　世之欲建植物园者，大抵傍通途，拓平壤，倚名山，新栽巧制，竞奇斗妍。若至垃圾山上铺锦绣，粉煤灰中莳奇葩，代腐为奇，点铁成金者，世所罕见，而于唐山特见之。

　　此地原为垃圾场，弃物如山，污水成池。冬则飞沙蔽日，夏则蚊蝇成阵，唐山人苦之久矣。

　　公元二〇一〇年，中共唐山市委、市人民政府疴瘝民瘝，造福民生之战略决策，提出"变劣势为优势，化腐朽为神奇"之战略决策，决定在此地建设唐山首座现代植物园。号令一出，万众欢腾，上下齐力，鸠工龙材，于二〇一〇年四月十日动工。建设者胼手胝足，栉风沐雨，苦战四寒暑，终于建成此一占地五十五点四五公顷，集观赏、科普、生态、经济、文化、科研六大功能为一体之新型互动式植物园。荟萃各类植物三千余种。人之于此，固可多识草木之名，亦可格物致知，穷极天地之秘。

　　然则未若观游之乐也。

《唐山植物园记》

　　若夫丽日薄天，岗峦姿媚。万卉怀烟，百花孕露。蝶舞芳径，鸟啭叶底。有人于此也，或可怡情逸致，澡雪精神，遂使庸鄙之念顿消，而善美之心陡增矣。

　　至若转阴霭霭，细雨霏霏。风含新绿，雨浥湿红。鸥鹭浴羽于沼址，锦麟游戏于碧波。当时此地，则尘嚣远遁，俗虑尽消，欲与天地同化矣。

　　然则此尤未尽斯园之真义也。

　　追思一百年间，唐山人在大片莽原之上凿煤井，铺铁路，造机车，开矿山，炼钢铁，烧水泥，制陶瓷，纺棉纱，艰苦创业，百折不回，建成百万人口之工业重镇，为中国近代工业奠定坚强基石。三十八年前，一场空前惨烈之大地震，将唐山夷为平地。唐山人挥泪上阵，重建家园，于废墟之上修厂房，辟通衢，建工厂，开矿山，一座现代化特大型工业城市重现人间。近年来，唐山人又出重拳，治污染，通水系，建公园，昔日机器轰鸣之工业重镇，一变而为鸟语花香之都市园林。斯园之建，乃唐山一百三十八年历史又一进阶也。故我唐山人入斯园也，当思往昔道路险阻，秉持其节操，发扬其意志，为我大唐山建设添砖加瓦，竭尽绵薄，使我唐山世代昂立于霄壤，称雄于燕山渤海间。

　　苟如此，则斯园之义明矣。

　　因是之故，作记刊石，以昭永远。

唐山植物园<br>
公元二〇一四年九月一日

# 唐山南湖记

　　《唐山南湖记》是南湖碑刻中唯一的一篇记，是唐山市委、唐山市人民政府2009年8月立碑镌刻的。记，是一种散文体裁，以叙事为主，可叙事、写景、状物、议论、描写，抒发情怀抱负、阐述某些观点。此记包含了"记"中所有的要素，有必要加以抄录，作为《南湖与开滦》中的节点式记载。全文如下：

　　燕山之南、渤海之滨、凤凰城之畔，揽江南秀色，拥潇湘美景，怀芳储华，一泓容纳，嘉园胜境，是为唐山南湖。

　　览南湖之胜，在其大度宏阔。湖面烟波淼淼，宽广倍于西子；又九湖相衔，五岛耸峙，廊桥亭榭，纷呈秀色；周遭美树遍植，绿毯铺陈，林林总总，蔚成大观。

《唐山南湖记》（顾翔普拍摄）

廿八平方千米之园林，足令世人惊之美之。

观南湖之景，在其风采雅致。春则天光和煦，杨柳依依，花团锦簇，鸟啭莺啼；夏则凉风习习，草木荼郁，莲荷田田，芳菲逶迤；秋则清明朗朗，金风送爽，层林尽染，丹桂飘香；冬则莽莽皑皑，银装素裹，玉树琼枝，冰湖鉴彻。一湖四时之景大相径庭，览物之情愉哉快哉。

领南湖之韵，在其自然和谐。居幽燕之州，无风漠枯燥之气；处闹市之邻，无喧嚣嘈杂之扰。或浅唱讴歌，吟颂新时代之气象；或荡舟依舫，感受华北水城之画境；或凭栏远眺，极目新唐山之巨变；或漫步徜徉，陶冶道德品格之修养。置身茂林碧水之间，赏心而悦目，天人而为一！

南湖之美备述难矣。而其至善至美，在乎科学发展之伟力。忆昔日之南湖，为采煤沉陷之区、荒芜废弃之地，孑孑盈池，水墨草蓬，累年之秽咸积于此，路人眯目掩鼻，百姓不堪其苦。乃乘时代之大潮，思群众之所愿，立"幸福之都"之宏旨，举资源型城市转型之大业，凝心聚力、创新思变，南湖为执、整饬家园。干群同心携手，各界鼎力相援，建设者日夜辛劳，顿使泥淖化清流、绝地化美寰，疮痍为钟灵毓秀、腐朽为神奇之苑，千顷湖辟、碧水绕城，层台耸翠、景象万千，工业重镇重为洗礼，生态城市尽展靓颜。

瞻南湖之佳景、品南湖之韵致，遂应坚定可持续发展之信念，瞄准中国气派、世界一流之目标，坚持提升人民群众幸福指数之追求，再传盛世和谐之佳音。如是，则人民群众幸福之都之愿景指日可期！

顾南湖而思沧桑，游美园而思奋斗。期后来者谨记南湖创业之举，蹈励进取之志，传承感恩、博爱、开放、超越之人文精神，共创凤凰城之美好未来！

是为记。

中共唐山市委

唐山市人民政府

二〇〇九年八月

# 南湖湖水之忧

南湖的灵魂在于"水"。

众所周知，南湖的湖水从采煤塌陷坑的沼泽中来，从环城水系中，包括经过处理的污水顺青龙河而来，从每天不断从唐山矿B区经过处理后的矿井水而来，从陡河季节性补水而来，从天降雨水中而来。正是这些来自各个水系的水才让今天的南湖看起来碧绿清澈。然而，其中隐忧只有业内人士才知道。

多年来，专家一直呼吁华北缺水，华北平原有个巨大的漏斗，是华北地下水位下降的主因，而华北漏斗的位置却不在唐山市区。但这种认识成为舆论的主基调，直接影响到了急于让市民过上幸福美好生活的决策层。但唐山不缺水，严格说，除了北部山区的遵化、迁西、迁安等县市外，中部和南部不缺水。从地理上分析，唐山北部属于山区，中部和南部属于冲积平原。一到雨季，山洪和雨水由北部山区向中部和南部倾泻，形成了许多自然河道，大量的水滋润着平原的土地，因此，唐山中部和南部地区很少闹旱灾。进一步说，南湖更不缺水，原因是采煤沉降后地质构造出现了许多缝隙和孔洞，地下水沿缝隙和孔洞自然涌出，南湖湖底深挖下去两米左右，便能够出水。因此，南湖的沼泽地水源不仅来自雨季积存的水，还大量来自涌出的地下水。南湖地下十余米即为陡河冲积带，也不时有小规模水渗出，开滦矿工和附近的百姓将这些渗涌出的水称为"水包"，但这些水还不足以支撑起现在这般规模巨大的湖面。

"以水铸魂"是城市建设者的美丽梦想，因此打通堵点，建设环城水系成为决策层的必然选择。唐山市区的生活污水随着人们生活水平的提高增量迅猛，再加上行洪功能，自然冲积而成的河道已不能满足排水需要。

南湖鸟岛水域

大南湖水面开阔

需明确的概念是，环城水系是经过人工干预的景观性水系，而不是自然水系。同时，隐忧也在此，如果把环城水系比喻成一条项链，而南湖就像这项链上镶嵌的翡翠，水系带状公园看上去很美，也的确给人们的休憩娱乐提供了平台。然而，沿水系周边，我们不愿意承认却不能抹杀的事实是，污染物也在悄无声息经由水系进入南湖，从而破坏着南湖的水质。

即使没有建设环城水系，也会产生等量的污染物，也需要采取措施进行治理，因此建设环城水系没有错。要人工治理，必须建设若干污水处理厂，但这一操作会带来规划质疑、占地建设、管网配套、资金投入等一系列问题。这也是开滦唐山矿不得不投入巨资，连续不断向南湖注水冲刷、稀释湖水的主要原因，当然，生态治理手段也是改善水质的措施之一。与此同时，让有关管理部门倍感压力的还有，各经营主体也因为自身利益，以各种理由和借口在湖岸打桩、建设延伸入湖的亲水平台、廊道以及在南湖周边形成各种业态，逐渐蚕食着湖面，侵蚀着南湖的灵魂，是需要管理方和社会各界本着对子孙后代负责的态度引起高度警觉和重视的。

# 南湖龙凤寓意探究

把唐山称为"凤凰城"似乎已是定论。很长时间以来，不论是城市名称的由来、时代的更替、历史的演变抑或灾难后的重生，"浴火重生"已经成为人们对唐山特性的基本认识；长期以来的元素符号的宣贯也给唐山打下了太多的凤凰文化的烙印。这种印记深深铭刻在决策者和市民的精神世界里。是故，对垃圾山进行生态修复时，把垃圾山起名为"凤凰台"，台上建亭起名为"凤凰亭"。

随后，唐山市邀请了雕塑大师韩美林创作了以凤凰为主题的地标性建筑（雕塑）

"丹凤朝阳"和"南湖之门"。须知，韩美林雕塑作品具有浓重的荆楚之风，总体呈现的是阴柔之美。在艺术性格上特别重视平易、含蓄而深沉的美；重视人与自然融合相亲的文化内涵，极力削弱体型上的竖高和张扬的感觉；建筑或雕塑的脊顶或屋面、外立面和装饰局部的曲线运用避免造型的冷峻，曲度不大，也很少有翘起。比如，"丹凤朝阳"雕塑，尽管体量高大，气势恢宏，然而，整体上比较浑圆。再看武汉园中的建筑屋顶，坡面平滑、檐角舒缓，少有卷角飞檐。"凤凰"作为传说中的一种文化图腾，一直以来有凤为雄凰为雌的说法。但"龙在上，凤在下"的阴阳组合，似乎使得凤凰是雌性变得约定俗成，雌性为阴。而这座城市恰恰经历过1976年7月28日唐山大地震，在南湖区域总长达9千米的唐胥路两侧，掩埋过大约

丹凤朝阳雕塑

10万地震罹难者，按中华传统文化理解，埋骨处属于阴，这又不得不让人深思。

回顾唐山的城市历史，从文化意义上真正让唐山腾飞的是以开滦煤矿的崛起为标志的近现代工业发展。推动近代工业发展的晚清打的是"龙旗"；开滦发行全国第一张股票叫"龙票"；开滦煤矿设计制造的全国第一台蒸汽机车为"龙号"机车。全国解放后，包括开滦煤矿在内的一大批工业企业创造了许多全国第一。特别是改革开放后，唐山的社会经济发展突飞猛进，城市面貌日新月异。唐山，犹如一条巨龙腾飞在燕山脚下，渤海之滨，冥冥之中，难

夜色中的龙凤呈祥

掩"龙兴"之气。

真是让人细思极喜。不知是偶然还是必然，也不知是"龙凤"之议是否有了最终结果。总之，后期便有了粉煤灰山经过治理后连同附岭塑型为巨龙，起名为"龙山"，龙山之阁起名为"龙阁"，有了"龙泉寺"，有了"龙号"机车绿雕……如是，"龙凤呈祥"景观便呈现在世人面前！